AF611020

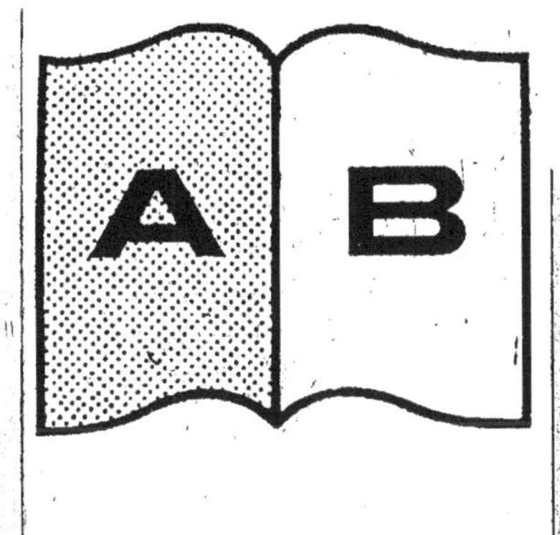
A
B

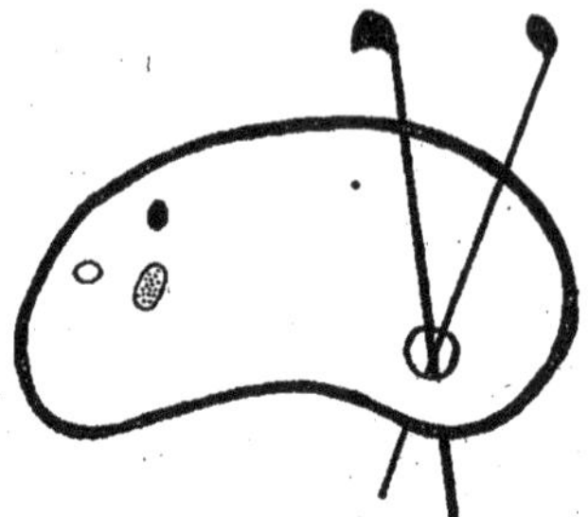

DEBUT D'UNE SERIE DE DOCUMENTS
EN COULEUR

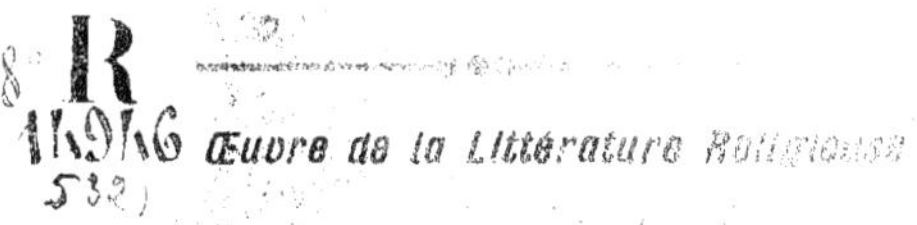

Œuvre de la Littérature Religieuse

J. BARBEY D'AUREVILLY

L'Internelle Consolacion
Sainte Térèse
Pascal — Bossuet
Saint Benoît Labre — Le Curé d'Ars

BLOUD & Cie

S. et R. 532

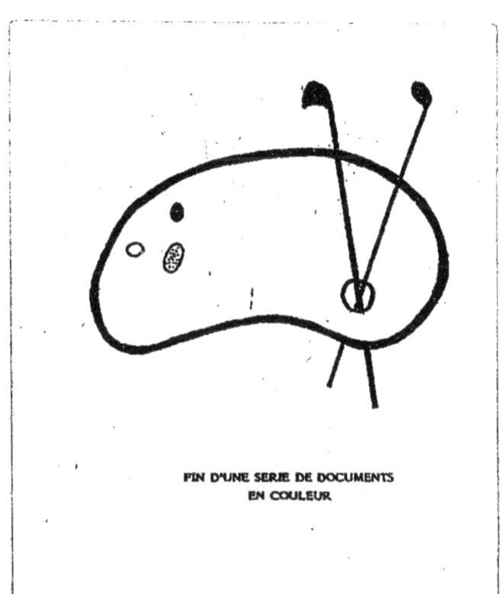

Chefs-d'œuvre de la Littérature Religieuse

J. BARBEY D'AUREVILLY

L'Internelle Consolacion

Ste Térèse, Pascal, Bossuet, St Benoît Labre

Le Curé d'Ars

PARIS
LIBRAIRIE BLOUD & Cie
7, PLACE SAINT-SULPICE, 7
1 ET 3, RUE FÉROU. — 6, RUE DU CANIVET
1909

MÊME SÉRIE

Bremond (Henri). — **Gerbet. Dernières Conférences d'Albéric d'Assise,** avec une introduction *(473)*. 1 vol.

— **Nicole** *(524)*........................ 1 vol.

Calvet (Jean). — **La Bruyère. Des Esprits forts** *(418)*................................ 1 vol.

Giraud (Victor). — **Pascal. Opuscules choisis** *(383)*. 1 vol.

— **Bossuet. Pensées chrétiennes et morales** *(390)*................................ 1 vol.

— **Pascal. Pensées.** 2 vol., 180 pages *(406-407)*. **1 fr. 20**

Il a été tiré 50 ex. num. sur pap. de Hollande............ 5 fr.

— **Chateaubriand. Pensées, Réflexions et Maximes,** suivies du livre XVIe des *Martyrs.* (Texte du manuscrit autographe). Edition nouvelle, revue sur les manuscrits ou les meilleurs textes avec une introduction et des notes *(476)*............ 1 vol.

Maréchal (Christian), Agrégé de l'Université. — **F. de La Mennais. Pensées** *(507)*....... 1 vol.

Pératé (André). — **Bossuet. Traité de la Concupiscence.** Edition revue sur les meilleurs textes avec une introduction et des notes *(485)*.... 1 vol.

Saubin (A.). — **Gerson. Traité du Devoir de conduire les enfants à Jésus-Christ** (531).. 1 vol.

Vulliaud (P.). — **Ballanche.** *Pensées et fragments* *(441)*............................ 1 vol.

AVANT-PROPOS

Une étude, même rapide, sur la pensée religieuse de Barbey d'Aurevilly dépasserait trop les limites qui sont fixées aux introductions de ces petits livres. On s'est donc contenté de choisir dans l'œuvre de ce magnifique écrivain quelques chapitres qui ont paru plus révélateurs. On a partagé les chapitres en deux séries, l'une presque uniquement biographique, l'autre spéculative et critique. Voici la première série, la seconde paraîtra dans quelques mois. **M**[lle] *Read, à qui tous les admirateurs de Barbey d'Aurevilly doivent déjà tant de reconnaissance, a bien voulu nous permettre de puiser à pleines mains dans les trois volumes des* **Œuvres et des Hommes** *consacrés aux* **philosophes et écrivains religieux.**

J. BARBEY D'AUREVILLY

L'INTERNELLE CONSOLACION (1)

I

Voici un des ouvrages que la critique n'est pas obligée d'ajuster, en se pressant, au passage. Un pareil livre ne passe pas. Il existe depuis 1441 à peu près, et il est bien probable qu'il vivra autant que le sentiment du christianisme qui l'a inspiré, et que le sentiment de la langue charmante dans laquelle il a été traduit. C'est le livre de l'*Internelle Consolacion*, sorti au XVe siècle de l'Imitation de Jésus-Christ. Traduction, imitation, paraphrase de cet ouvrage célèbre, dans la langue naïve et primesautière que le Moyen Age a créée, ceci, tel qu'on nous l'exhume, et tel que MM. Moland et d'Héricault le publient, nous paraît supérieur, non seulement à toutes les traductions que l'on a faites, depuis, de l'Imitation, mais, le croira-t-on et n'est-ce pas là une de ces choses qui vont paraître d'une singularité un peu forte à beaucoup d'esprits ? supérieur au texte même si vanté de l'original.

En effet, l'Imitation de Jésus-Christ est regardée presque par tout le monde comme un incomparable chef-d'œuvre. Ce livre de moine, écrit dans le clair et

(1) Editée par MM. Moland et d'Héricault.

profond silence d'une cellule, a rencontré la Gloire, cette fille de la foule et qui passe comme sa mère (*Sic transit gloria mundi*), mais qui, pour lui, s'est arrêtée. Ce n'était pas assez. De la gloire à la popularité, il n'y a que quelques marches... à descendre. De glorieux, le livre est devenu populaire. Et ce n'était pas assez encore, il a pris les colossales proportions d'un lieu commun.

Or, le lieu commun, cette chose respectée, c'est la gloire devenue momie, c'est son embaumement pour l'immortalité, et qui y touche semble faire du paradoxe et du sacrilège. Nous l'oserons pourtant aujourd'hui, puisque l'occasion s'en présente. Nous oserons regarder dans cette gloire pour en chercher le mot, s'il y en a un, au succès d'un livre universellement accepté par les gens pieux et même par les impies.

Les chrétiens, qui veulent, eux, imiter Jésus-Christ, n'ont pas travaillé seuls à ce succès. Les philosophes, qui n'ont pas précisément la même visée, y ont travaillé autant que les chrétiens. Étaient-ils vaincus par le charme qui s'exhalait de ce livre d'une simplicité si pénétrante ? Quelques bonnes âmes un peu badaudes l'ont cru peut-être, mais non, ils n'étaient pas vaincus !

II

C'est Fontenelle, cette belle autorité religieuse et même littéraire, qui a écrit le mot fameux et qu'on cite toujours quand il est question de l'Imitation : « L'Imitation est le premier des livres humains, puisque l'Évangile n'est pas de main d'homme. » Seulement rappelons-nous que, quand il grava cette inscription lapidaire pour les rhétoriques des temps futurs, il s'agissait de la traduction de monsieur son oncle le grand Corneille, et que, sans cette circonstance de famille, l'Imitation lui aurait paru moins sublime. De plus, avec tout son esprit, Fontenelle disait deux bêtises dans son mot fameux, si ce n'est trois, ce pauvre Tyrcis !

D'abord l'Evangile n'est pas écrit des mains de Jésus-Christ, mais de la main de saint Mathieu, de saint Luc, de saint Marc et de saint Jean, et d'ailleurs, Jésus-Christ était aussi un homme. Inspirés, oui, martyrs plus tard, c'est-à-dire témoins, les évangélistes ne sont que des hommes... inspirés ! et par ce côté, le mot de Fontenelle est pourpré et faux comme l'est un madrigal. Il n'en était pas un pourtant. — C'était une précaution. On sait s'ils s'entendent en précaution, messieurs les philosophes.

Fontenelle, impie et lâche comme toute la secte qu'il précédait et dont il est un des ancêtres, écrivait alors Mero et Enégu pour Rome et Genève, et le sournois se préparait, avec son mot sur l'Imitation, un bouclier contre Louis XIV et la Régente. Saint-Evremond, qui ne valait pas mieux que Fontenelle par la moralité réfléchie ou par la moralité instinctive, mais qui était très supérieur par le talent, Saint-Evremond était plus hardi, mais il était en Angleterre, — cet asile contre la France toujours.

III

Mais, faux par l'accessoire, le mot est faux aussi en lui-même. L'Imitation n'est point et ne saurait être le premier des livres humains, car il n'est pas humain de confondre la cité domestique et la cité monastique, comme le faisait le vieux Tyrcis, qui ne comprenait pas plus l'une que l'autre, et comme le feraient tous ceux qui ne verraient pas que l'Imitation est une œuvre exclusivement monacale. Pour qui la lit, en effet, avec le genre d'esprit et d'attention qui pénètre les livres, celui-ci, pâle, exsangue, d'un amour exténué, avec une expression bien plus métaphysique que vivante, s'adresse formellement et essentiellement à des moines, tournant le dos au monde proprement dit ; voulant rendre le correct plus correct, proposant — et il ne faut pas s'y tromper, car la méprise serait grossière — la vie parfaite et de conseil, et non pas la vie de précepte. Si l'on avait dit de l'Imitation qu'elle est le premier des livres de Moines, l'erreur eût été moindre, mais ce n'eût pas été le vrai encore.

N'y eût-il que la grande Sainte Térèse, — et il y en a d'autres, — il est des mystiques d'un ordre bien plus translucide, bien plus embrasé, bien plus enlevant que l'auteur de l'Imitation, quel qu'il ait été. On dit même, chose étrange et assez ignorée ! que son mysticisme ne parut pas toujours sûr à Rome ; un jour, on l'y a signalée inclinant vers l'erreur qui s'est appelée Jansénius — sur cette terrible question de la nature et de la grâce. Mais le succès couvrit tout de son bruit, et il n'est pas jusqu'au nom du chancelier Gerson, sur le compte duquel on mit ce livre d'ascétisme doux, qui ne dut lui être une fière réclame, comme nous disons maintenant, après le deuxième Concile de Constance. C'est à lui encore aujourd'hui, à Jean Gerson, dont ils ont fait un grand portrait, trop flatté, dans leur introduction, que MM. Ch. d'Héricault et Moland attribuent l'honneur de ce livre, malgré les germanismes qui révèlent évidemment une autre main.

Du reste ce nom même était inutile. Rigoureusement parlant, le ton seul du livre suffisait pour expliquer son succès, car le monde est pour les livres ce qu'il est pour les hommes. Il ressemble à l'ombre du poète persan : Fuyez-le, il vous suit ; suivez-le, il vous fuit. Et voilà pourquoi surtout le monde s'est précipité, sans l'atteindre, vers cette ombre vague de moine blanc, masqué jusqu'aux yeux de son capuchon, et qui fuit tout là-bas, dans les entre-colonnements d'on ne sait plus quel monastère ! L'ombre blanche est restée presque toujours une ombre fuyante. Quelles que soient les raisons d'affirmer la personnalité de l'auteur de l'Imitation, elles ne sont pas telles cependant qu'on puisse les admettre en toute certitude, et cet inconnu que quelques-uns appellent : Jean Gerson, d'autres A. Kempis, d'autres encore Jean Gersen, abbé de Verceil, n'en est pas moins toujours un anonyme de l'histoire. On ne l'a point assez remarqué, le monde, cet ennuyé et ce capricieux, aime à la fureur les contrastes. Il aime les langages étranges et étrangers, et cette voix de moine en était une, par son calme même. Le monde, puisqu'il s'agit de son goût pour une œuvre qui ne fut jamais faite pour lui, lit avec avidité l'Imitation, et ne veut pas lire l'Evangile, et les raisons de cela ne viennent pas de l'Imitation. L'Evangile est littérairement barbare, parabolique, miraculeux, ardemment imagé, et il ne se comprend bien qu'à l'église et dans la lumière de l'enseignement sacerdotal, tandis que l'Imitation, nous l'avons dit, est métaphysique et décolorée comme le verre d'eau claire qu'on boit sans avoir soif et qui ne nourrit pas davantage. D'un autre côté, comme l'Imitation place la vertu très haut, le monde y applaudit pour se dispenser d'y atteindre. C'est si haut, que c'est impossible, et l'on se rassied dans la vie commode, en jetant à l'idéal intangible le regard le plus tranquillement résigné... à la perte de cet idéal.

Telles sont, en fait, les raisons de cette popularité mondaine d'un livre qui a sa valeur sans aucun doute, mais que l'opinion a exagérée. L'opinion a fait de l'Imitation un livre essentiel, et sans nier ses mérites raffinés en piété pratique, cela est-il juste, cela est-il sage à une époque comme la nôtre, où tant d'esprits inclinent, hélas ! à se créer une Eglise sans sacrements, et un Evangile sans surnaturel ?... Une pareille disposition effraie assez les esprits qui étudient les pentes du siècle, pour donner le courage de réagir contre un livre, bien plus utile à des ascètes avancés dans la voie de la perfection chrétienne qu'à des gens du monde vivant dans les réalités et les épaisseurs de ce temps. Nous voudrions poser la question à qui aurait autorité pour y répondre, mais nous ne la résolvons pas. Seulement, si nous n'entrons pas plus avant sur ce point de vue pratique, qu'il est impossible de ne pas ouvrir quand il s'agit d'un livre chrétien, il nous reste à connaître le côté littéraire de l'Imitation comme œuvre humaine, et nous allons l'examiner.

IV

Eh bien ! par ce côté-là comme par l'autre, par la forme comme par le fond, l'Imitation n'est pas en rapport avec l'admiration traditionnelle qu'elle a inspirée. Un homme de nos jours, tout ensemble métaphysicien et poète, et dont l'habitude n'est pas de céder aux influences du monde qui l'entoure, a dit de l'Imitation qu'elle avait été laissée sur le seuil du Moyen Age pour donner l'envie d'y pénétrer. S'il avait parlé en ces termes de l'*Internelle Consolacion*, dans sa langue artiste et populaire, le mot aurait peut-être été vrai, mais appliqué au texte latin de l'original, un tel mot n'est plus que poétique. Non, l'Imitation ne traduit pas le Moyen Âge avec cette puissance qu'il est impossible d'y résister. Cette vignette de l'âme et de Jésus-Christ qui ressemble à la patiente enluminure des marges d'un missel n'égale pas, sous son latin de cloître, harmonieux et limpide, les figures idéales, mais si profondément touchantes dans leur sainteté émaciée et splendide, de frère Ange de Fiesole (un moine aussi), le plus profond interprète du Moyen Âge, ni même les lignes expressives et nettes d'Overbeck, aussi loin pourtant que l'homme l'est de l'ange, du monastique Angelico.

Dans l'Imitation, rien de pareil. Toute intention y est diminuée. L'Évangile y est sous le précepte, mais comme le feu derrière un écran, comme la vérité derrière un voile, comme le Sinaï derrière un poète sonore et pur. On dirait du Lamartine, maintenu par la règle, avec des adjectifs de moins et une simplicité plus austère. Quant à la profondeur, qu'on a souvent prétendu y voir, ce n'a jamais été qu'un mirage, car ce qu'elle est le moins peut-être, cette conversation intérieure d'un cœur presque vierge dans un coin de chapelle, c'est d'être un livre fouillé et profond. Pour les âmes circoncises qui habitent la thébaïde des monastères, ce qui est dit dans l'Imitation de l'amour et des autres pensées humaines peut sembler des découvertes terribles et le cœur humain montré jusque dans ses fondements, mais qui a passé par les vieilles civilisations, qui a lu les moralistes modernes n'est ni révolté ni surpris de cette balbutie. Ceux qui ont reçu les coups du monde et les morsures du monde trouvent ce livre sans forte connaissance du fin fond du cœur. Il ne descend pas dans cette vase saignante, et c'est, en somme, un innocent enfantelet de livre, même dans sa conception du péché.

Telles sont les qualités et les défauts de l'Imitation, que nous retrouvons aujourd'hui, avec des qualités qui s'ajoutent aux siennes dans cette langue admirable de l'*Internelle Consolacion,* bien préférable, selon nous, au latin décharné et abstrait de l'original. La langue du XVe siècle plus étoffée, plus concrète, plus vivante enfin, a un mouvement, une mollesse et des images que l'ascétique auteur de l'Imitation se serait peut-être interdites comme un péché et qui ôtent à sa pensée sa rigidité et sa frigidité monacales. Comme on voit tout ce que l'on veut dans les livres qu'on aime, l'imagination de ceux qui sont épris de l'Imitation y a mis aussi de la tendresse, mais il n'y en a pas plus que dans tous les livres d'oraison, et même il y en a beaucoup moins. On a pris le ton du genre pour une qualité individuelle du livre et de l'auteur.

Eh bien ! dans la langue de l'*Internelle Consolacion,* s'est coulée cette tendresse absente et cette grâce chaste dont le livre manquait primitivement. La pensée droite et byzantine du moine a trouvé une draperie flottante qui lui va bien. Il n'en est que mieux à genoux sur sa dalle d'y traîner cette robe à longs plis... Ici donc, et pour la première fois, voici une traduction qui ajoute à la valeur de l'original. L'écrivain de l'*Internelle Consolacion,* qui a partagé la destinée de l'auteur de l'Imitation (l'anonyme convenant comme le silence de leur règle à ces hommes humbles qui ne vivaient, comme disent les saintes Chroniques, que sur la montagne de l'éternité, *in monte æternitatis),* l'écrivain ignoré de l'*Internelle Consolacion* ne s'est point attaché à la glèbe du mot à mot de son auteur. Il n'en a pris que l'esprit même et l'a revêtu comme un pauvre qu'on veut réchauffer. Avec sa langue feuillue et abondante, il s'est roulé autour de la pensée simple et nue de l'original, et il a fait de cette pensée sèche ce que la guirlande de pampre et de vigne fait d'un thyrse qui, primitivement, n'était qu'un bâton.

V

Ainsi nous n'hésitons pas à le répéter, de toutes les traductions qui ont été faites du livre de l'Imitation, et elles sont nombreuses, depuis celle du Chancelier de Marillac, rééditée de nos jours, et dans laquelle on a une naïveté bien inférieure à celle de la traduction du xve siècle, jusqu'à celle que s'imposa M. de Lamennais (il était chrétien alors) pour mortifier, je crois, son génie, la meilleure, celle qui complète le mieux son auteur en le traduisant, est celle que MM. d'Héricault et Moland nous ressuscitent aujourd'hui ; toutes les autres ne valent pas le texte parce qu'elles veulent seulement nous le donner. Malgré le succès qui s'est attaché à l'entreprise de M. de Lamennais comme s'il était de la destinée de l'Imitation, ce livre heureux, de créer des succès à ses traducteurs eux-mêmes, combien n'avons-nous pas souffert de voir le génie éclatant et sombre de l'auteur de l'*Indifférence* se débattre dans un genre de travail si antipathique à sa nature ! Le parti qu'il a pris d'être simple, en traduisant cette simplicité, l'a fait verser dans ce que nous appelons l'inconvénient de l'Imitation, c'est-à-dire la métaphysique.

S'il en est ainsi de Lamennais, que pouvons-nous dire de Beauzée le grammairien et de Le Maistre de Sacy le janséniste ? Quant à Corneille, ce n'est pas un traducteur, quoiqu'il ait voulu l'être : c'est Corneille. Il y a des choses cent fois dignes de l'auteur de *Polyeucte* dans sa paraphrase, mais c'est précisément pour cela qu'il ne traduit pas ce livre d'ombre fait par une ombre qui n'a qu'une voix comme un souffle, — la voix de l'esprit, — et qui semble sortir d'un *in pace*. Le génie de Corneille déborde tout, et l'agrafe de son vers ne le retient pas même à son auteur, — évidemment cet homme-là n'est pas fait pour vivre. L'écrivain quelconque de l'*Internelle Consolacion* déborde aussi son texte, mais il ne le transforme pas avec cette toute-puissance qui fait qu'il n'y a plus là que du Corneille. Il l'orne, il l'atourne, il l'amollit, il lui communique de certains charmes, mais il ne le dévore pas comme Corneille, pour en jeter, après, les cendres aux vents.

VI

Les éditeurs actuels de l'*Internelle Consolacion*, MM. Charles d'Héricault et Moland, connus déjà par des travaux d'une érudition qui ne se contente pas de rechercher, mais qui pense, ont fait précéder leur travail d'une introduction très fermement écrite, dans laquelle ils ont agité toutes les questions littéraires qui se rattachent, soit à l'Imitation elle-même, soit à l'*Internelle Consolacion* qui en est sortie. Quoique touchées en bien des points avec compétence et sagacité, ces questions n'ont pas cependant été amenées par les spirituels éditeurs au point de lumière qu'ils auraient souhaité et qu'une critique plus minutieuse que la nôtre pourrait exiger. Nous sommes, nous, très coulants sur ces sortes de questions : quel fut l'auteur de l'Imitatio ? quel fut l'auteur de l'*Internelle Consolacion*, ces anonymes ?

Pourvu que nous ne tombions pas dans le système rasé de bien près par les éditeurs, à la page 14 de leur Introduction, dans cette immense bourde allemande qui a décapité Homère et qui répugne à la constitution même de l'esprit humain, que nous importe de savoir si l'Imitation s'appelait A. Kempis ou de toute autre réunion de syllabes ? C'est une question de bal masqué.

Ce qu'il y a de certain, c'est que ce fut un moine, comme Homère fut un poète, un moine dont l'individualité n'eut probablement de nom que devant Dieu, et ce qu'il y a de certain encore, c'est que ce ne fut point Gerson, malgré la croyance des éditeurs, mêlée pourtant d'un invincible doute. Gerson, à notre estime, ne fut ni l'auteur de l'*Imitatio Christi,* ni celui de l'*Internelle Consolacion*. Les germanismes du texte latin le prouvent suffisamment pour l'Imitation et pour l'*Internelle Consolacion,* le génie de Gerson lui-même, qui n'eut jamais le moelleux et le laisser-aller du livre délicieux, remis en lumière aujourd'hui.

Il n'y a pas de mal, d'ailleurs, à ce qu'un peu du mystère et de l'esprit du Moyen Age restent sur ces points en litige. Le génie du Moyen Age est essentiellement silencieux. Ces hommes, qui vivaient les yeux au ciel ou baissés sur la poussière de leurs sandales, se souciaient bien de cette bavarderie qu'on appelle la Gloire, et des commérages que l'Avenir devait faire, un jour, sur leur tombeau !

SAINTE TÉRÈSE (1)

Il y a déjà quelque temps que M. l'abbé Marcel Bouix a traduit avec un talent éclatant de fidélité les œuvres complètes de Sainte Térèse, de cette femme qui eut deux génies, quand il n'en faut qu'un seul à un homme pour être immortel. Et cependant on peut se demander encore qui donc s'est occupé de cette publication parmi ceux-là même dont la fonction, dans la littérature contemporaine, est d'attacher à la tête des livres qui en valent la peine, les bouffettes de la publicité ? Malgré l'importance et la difficulté du travail de M. l'abbé Bouix, quelle est la plume, se croyant grave parmi toutes celles qui se croient amusantes, qui ait eu seulement le courage d'en toucher deux mots ? Quel critique enfin a signalé au public, d'une façon quelconque, l'existence d'une traduction qui met à sa portée une œuvre littéraire, comptée au premier rang dans la littérature espagnole, et qui de plus lui fait connaître une de ces prodigieuses *individualités*, comme on dit maintenant, d'autant plus curieuse qu'elle est inexplicable à la sagacité purement humaine de l'Histoire, mais dont, pour cette raison peut-être, l'Histoire aime peu à s'occuper. Probablement, sur un

(1) Œuvres complètes, traduites par M. l'abbé Bouix.

tel sujet, la Critique a pensé comme l'Histoire. Toujours est-il qu'elle s'est tue sur l'ouvrage de M. Bouix, et qu'il est arrivé à la traduction des œuvres de Sainte Térèse ce qui est arrivé à la traduction de la *Somme* de Saint Thomas d'Aquin. Que voulez-vous dire, en effet, quand on n'en peut pas rire, du travail d'un jésuite sur une Sainte, cette Sainte-là fût-elle Sainte Térèse ?

Car, il faut en convenir, Sainte Térèse, par exception n'a pas été frappée de l'impopularité dédaigneuse ou moqueuse dont sont frappés les autres Saints, dans ce siècle d'impertinentes lumières. On a même des bontés pour elle. Pourquoi ? Qui sait ? D'abord elle est d'Espagne ! Nous nous soucions fort peu, il est vrai, de l'Espagne de Saint Isidore de Séville, de Saint Ignace de Loyola, de la terre catholique d'Isabelle et de Ximenès, mais, en revanche, nous raffolons depuis trente ans de l'Espagne moresque, de l'Espagne des boleros, des fandangos, des basquines et des castagnettes, et c'est, ma foi ! un avantage, même pour une Sainte, que d'être du pays de la marquise d'Amaegui.

Raillerie à part, d'ailleurs, Sainte Térèse, qui n'est guère connue en France que pour deux ou trois mots sublimes, exprime l'amour avec une telle flamme qu'elle a vaincu, avec ces deux ou trois mots, l'ironie du peuple le moins romanesque de la terre, et elle a eu pour lui le charme du romanesque ! Elle a été pour lui la personnification traditionnelle de l'amour, et en faveur du substantif, on a excusé l'épithète. On lui a pardonné d'aimer Dieu, en de faveur l'amour ! Même Voltaire, qui a déshonoré Jeanne d'Arc, ne se serait pas moqué de Sainte Térèse ! Même les sales historiens qui ont expliqué par de la pathologie l'héroïsme surnaturel de cette autre Sainte qui n'a encore été canonisée que par la patrie, n'auraient pas osé toucher cette pure lumière qu'on appelle Sainte Térèse ! Même M. Renan, l'ennemi des Saints modernes, n'oserait pas soutenir que le bandeau de Sainte Térèse n'est pas vraiment une auréole. C'est ainsi que la Philosophie, si elle n'est pas charmée, est au moins gênée devant les yeux baissés de l'immaculée Carmélite qui n'est pas seulement la gloire de l'Espagne, mais de la Chrétienté et de l'âme humaine, et aussi de l'esprit humain, et c'est pourquoi, sans aucun doute, dans l'embarras où tant de gloire la jette, elle aime mieux se taire que parler !

Mais, nous, nous parlerons. Sainte Térèse, grâce à la traduction que M. l'abbé Bouix vient de nous donner de ses œuvres complètes, peut être maintenant aussi profondément connue du public français que jusqu'ici elle l'était peu ; et nous désirons qu'elle le soit. Or, si, avec quelques mots, toujours cités quand on parlait d'elle, elle exerçait je ne sais quel irrésistible empire sur les imaginations les plus ennemies, que sera-ce quand on pourra lire et goûter tant d'écrits, marqués à l'empreinte d'une âme infinie, de cette âme qui, sans en excepter personne dans l'histoire de l'esprit humain, — quand elle fut obligée d'écrire, soit pour se soulager d'elle-même, soit pour remplir un grand devoir, — fit tenir, dans les limites étouffantes d'une langue finie, le plus de son infinité ?

II

L'infinité ! Voilà, en effet, le caractère des œuvres de Sainte Térèse. Voilà la marque distinctive et à part de ce talent, qui n'est pas un talent ; de ce génie qui n'est pas un génie, quoiqu'on lui donne ce nom pour l'exprimer, parce qu'il n'y a pas de nom au-dessus de ce nom. L'infinité ! Certainement il y a de l'infini dans toute âme, mais il y est et même dans les plus grandes, à l'état latent, mystérieux, sommeillant, comme l'Esprit sommeillait sur les Eaux, tandis que dans l'âme de Térèse l'infini déchire son mystère, se fait visible et passe dans le langage ou la pensée déborde les mots.

Cette héroïne de la vie spirituelle est infinie d'intuition, de profondeur, de subtilité, mais ne l'entendez pas dans le sens littéraire qui voudrait dire excessive-

ment intuitive, excessivement profonde, excessivement subtile. Vous vous tromperiez ! Elle est infinie, infinie dans le sens métaphysique. Elle est infinie comme depuis elle, Pascal l'a été quelquefois, dans quelques-unes de ses *pensées*. Seulement ce ne fut que quelquefois, et Sainte Térèse, c'est toujours ! Et ce n'est pas non plus toute la différence à mettre entre Sainte Térèse et Pascal. Pascal est infini dans le doute, dans l'anxiété, dans la crainte, et Sainte Térèse l'est dans la foi, dans l'amour et dans l'espérance, et de même que l'espérance, l'amour et la foi sont au-dessus de la crainte, de l'anxiété et du doute, Sainte Térèse est au-dessus de Pascal !

Je sais bien que les littérateurs, qui ne sont que littérateurs, n'en conviendront pas, ni non plus le vulgaire des hommes, mais c'est là la raison qui le prouve au contraire, si l'on veut, avec force, y penser. Le scepticisme, l'inquiétude et la peur, qui firent pousser de si magnifiques cris d'aigle épouvanté à l'âme de Pascal, sont plus communs que la foi, l'amour et l'espérance, et les hommes sont faits ainsi qu'ils entendent mieux la voix qui les crie. Soumis à la loi qui régit les choses pesantes, les hommes sont plus près de tomber dans les gouffres d'obscurité qui sont en bas, qu'ils ne sont capables de s'élancer aux gouffres de lumière qui sont en haut, et voilà pourquoi Sainte Térèse, qui monta et ne descendit jamais, Sainte Térèse, la Ravie et la Ravissante, l'emporte sur Pascal, dans les œuvres que nous avons d'elle, autant qu'elle l'emporta dans sa vie sur le farouche solitaire qui ne réussit pas à être un Saint.

Moins encore que Pascal, qui songeait peu à faire de la littérature, lorsque dans ses *Pensées* il essayait de se faire de la foi, Sainte Térèse, dont la littérature espagnole a le très juste orgueil, n'était pas littéraire, et c'est pourquoi peut-être ce qu'elle nous a laissé est si beau ! Elle était une Sainte, mais c'était là son genre de génie. La sainteté ne se met à part de rien dans les créatures. Elle y envahit, elle y prend tout, pour peu qu'elle y entre. Elle prend le corps, le cœur, l'esprit, leur dresse un Thabor sous les pieds et les transfigure ? Sans la Sainteté, que serait-ce que Térèse ? Nous chercherions, sans les trouver, son esprit, son âme, et ce parfum d'un corps, transfiguré comme son esprit et son âme, — ce parfum immortel qu'exhale encore ce qui nous reste d'elle, — nous affirment ceux qui l'ont respiré.

III

Et que disons-nous ? Nous ne les chercherions même pas. L'oubli l'eût dévorée. Elle n'eut point passé dans la vie en y laissant de trace, mais la vie eût passé sur elle, et en passant l'eût engloutie. Dès l'origine, rien n'annonçait dans ses facultés éphémères qu'elle était plus qu'une jeune fille, — la jeune fille-type, la jeune fille éternelle, la charmante et volage combinaison de poussière rose, qui croule si vite en cendres grises sur nos cœurs ! Légère comme la robe qu'elle portait, et dont elle aimait l'éclat ou la grâce, vaine comme les romans qu'elle lisait, heureuse de plaire, inclinant, comme la fleur au vent, aux conversations frivoles, elle avait les défauts de son sexe, ces défauts presque impersonnels, mais dont elle s'accuse dans sa *Vie* comme s'ils n'appartenaient qu'à elle seule ! Avouant les avoir retrouvés dans l'entre-deux de ses vertus, longtemps encore après qu'elle se crut avancée dans les voies chrétiennes, elle fut peut-être, qu'on me passe le mot, quelque chose comme une Célimène en herbe ; ce n'est pas assez dire ! comme une Célimène en fleur !

Mais l'herbe fut coupée bien tendre ; mais la fleur fut coupée à peine entr'ouverte, et toutes deux, à ras de terre, par une faux qui est celle de l'amour, — de cet amour fort comme la mort et qui tranche l'âme comme la mort tranche la vie. Elle en avait senti le fil de feu s'abattre sur elle et sur son frère, à la lecture de la *Vie des Saints*. Aussi tous les deux, après cette lecture, s'en étaient-ils allés chercher le martyre, au pays des Maures. Rattrapés par leurs parents sur ce grand chemin du martyre au bout duquel ils l'auraient peut-être trouvé, ils se rabattirent à être ermites. Folies touchantes, héroïsme naïf et printanier d'une enfance où le laurier a odeur de rose et la rose odeur de laurier ! ces deux Rêveurs, d'âge de page tous les deux, mais qui voulaient l'action, — et quelle action ! — au sortir de leurs rêveries, gardèrent en eux ce grand et précoce amour de Dieu qui les fit plus tard des Saints l'un et l'autre. Mais Térèse en particulier, Térèse surtout fut payée de ses premières folies pour Dieu, en recevant de lui le don de toutes les sagesses.

Elle devint, cette fille coquette, innocemment coquette, qui aimait le monde et les propos du monde, elle devint une épouse ardemment chaste et tendrement austère de Notre-Seigneur Jésus-Christ, une carmélite incomparable, qui, ne trouvant pas son ordre assez sévère, le réforma et le mit pieds nus. Elle devint *cette petite fourmi,* comme elle s'appelle avec une grâce d'humilité délicieuse en une femme qui avait le cœur plus grand que tous les mondes, parce que Dieu, en l'habitant, l'avait élargi, elle devint, non pas uniquement la créature d'élection et de perfection surnaturelle, dont le souvenir plane encore sur le monde ému, mais aussi la première, la plus grande, la plus auguste des supérieures d'Ordres, ornée, avec toutes les vertus du Ciel, de toutes les qualités prudentes, politiques, humaines, de la terre ! Elle était née sans aucune mémoire, sans aucune imagination, disait-elle, et de plus *parfaitement incapable de discourir avec l'entendement :* mais la Prière, la Prière plus forte que toutes les sécheresses, lui donna toutes les facultés qui lui manquaient, car la Prière a fait Térèse plus que sa mère elle-même. « Je suis en tout de la plus grande faiblesse, dit-elle, mais, appuyée à la colonne de l'Oraison, j'en partage la force. » Malade, pendant de longues années, de maladies entremêlées et terribles qui étonnent la science par la singularité des symptômes et par l'acuité suraiguë des douleurs, Térèse, le mal vivant, le tétanos qui dure, a vécu soixante-sept ans de l'existence la plus pleine, la plus active, la plus féconde, découvrant des horizons inconnus dans le ciel de la mysticité, et sur le terrain des réalités de ce monde, fondant, visitant et dirigeant trente monastères, quatorze d'hommes, et seize de filles. Double vie qui suppose la plus puissante tranquillité de corps et d'âme ou quelque chose de bien plus étonnant encore que cette tranquillité... Il est évident que, pour elle, les lois humaines sont renversées, et que la meilleure manière de la comprendre, c'est de dire qu'on ne comprend plus !

Non, on ne comprend plus si l'on veut faire l'entendu à la manière humaine, si on la tire hors de son nimbe, cette tête divinement incompréhensible qui doit y rester, et qui se joue, *de là,* de l'observation scientifique et des proportions naturelles. On ne comprend plus, même le langage de Sainte Térèse, ce langage trop simple, trop raréfié, trop irrespirable pour l'épaisseur de nos esprits. C'est ici pour la première fois que la simplicité nuit au génie, comme un air trop pur, qui serait mortel à la santé. Quand Sainte Térèse dans sa *Vie,* nous rend compte de ses contemplations intérieures, qu'elle nous dresse une carte de mysticité, comme pilote n'en dressa jamais des mers qu'il aurait parcourues et où tout est marqué, même les plus imperceptibles écueils, quand sa pensée va du recueillement à la quiétude, de la quiétude à l'extase et de l'extase au ravissement, sainte Térèse s'exprime rarement par des images, et lorsqu'elle en a, c'est comme Dante. Elle les tire des objets les plus familiers et les plus agrestes, mais, d'ordinaire, elle a la transparente splendeur de la pensée, la diaphanéité du sublime.

Dans ses ardeurs vers Dieu, le feu qui la consume, ce feu mystique, est blanc comme la neige à force d'être concentré, et voilà pourquoi les âmes accoutumées à la grossièreté de la terre et à l'expression violente et morbide de ses passions peuvent trouver sans couleur et sans fulgurance cette flamme divinisée en Dieu et qui a perdu l'écarlate de la flamme humaine ! Qui voit qu'une lampe est allumée quand on la pose en plein soleil, quand on noie sa goutte de clarté dans l'Océan des rayons solaires ? Et ce n'est pas tout que cette incompréhensibilité relative du langage. Il y a celle de la perfection même de l'âme qui parle ce langage, inouï d'humilité dans le fond, comme il est inouï de simplicité dans la forme.

Allez donc faire comprendre aux âmes du Dix-neuvième Siècle les humilités de la Sainte, qui s'appelle criminelle, elle qui n'a jamais péché mortellement, selon l'Eglise, et qui l'est à ses yeux, parce qu'elle emprunte un peu de la lumière de Dieu, pour voir l'infinie petitesse des plus grandes vertus. Essayez !

De pitié pour tant de scrupules, le Dix-neuvième Siècle lèvera les épaules, ses épaules chargées d'iniquités, et passera outre, sur ces atomes grossis, comme un aveugle marcherait sur de fines perles, et il sourira de l'innocence de la Sainte, et peut-être de la *rouerie paradoxale* du critique qui voudrait la faire admirer !!!

IV

C'est que, pour comprendre Sainte Térèse, la suprême beauté morale de Sainte Térèse, il faut avoir au moins la notion de la beauté chrétienne. La profondeur de la pureté ne se relève qu'aux yeux qui commencent d'être purs, et ils n'y pénètrent qu'en se purifiant davantage.

C'est avoir profité que de savoir s'y plaire,

a dit un poète de la lecture d'un autre poète : mais c'est bien plus vrai de la lecture de Sainte Térèse. Le *Système du Monde* de Laplace n'a qu'un petit nombre de lecteurs qui l'entendent et peuvent le juger, mais les écrits de Sainte Térèse sont plus difficiles à comprendre dans les arcanes de leur beauté que les livres même de Laplace. Nous parlons surtout de ses grandes œuvres spirituelles, sa *Vie écrite par elle-même* et ce *Château de l'âme*, sur lequel un jour nous reviendrons. Seulement, avant de terminer, nous voulons dire un mot d'un livre plus facile à comprendre pour les esprits positifs du siècle (positifs ! ils le croient du moins !) et qui va nous montrer, dans la Sainte Térèse entrevue, une autre Sainte Térèse inconnue : c'est le livre des *Fondations*.

Sainte Térèse est toujours pour l'imagination ou l'ignorance française le fameux portrait de Gérard ; la belle Sainte à genoux, avec sa blancheur de rose macérée, son œil espagnol qui garde, sous la neige du calme bandeau, un peu trop de cette mélancolie, qui ne vient pas de Dieu, car il n'en vient nulle mélancolie, et ces mains de fille noble qui, jointes très correctement sur le sein, disent aussi un peu trop à la bure sur laquelle elles tranchent, qu'elles étaient faites pour la pourpre. Telle est la *Térèse* de Gérard. Peinte pour Chateaubriand et pour la société qui était redevenue chrétienne en lisant le *Génie du christianisme,* c'est la Sainte Térèse de ce livre rhétorico-religieux, mais ce n'est pas la Térèse de la Tradition espagnole et de l'histoire.

On cherche en vain dans cette aristocratique religieuse agenouillée, sous ce visage à l'ovale si pur, que l'austère et strict bandeau fait paraître plus pur encore, la Mystique dont l'âme, à force d'énergie, détruisit le corps, la paralytique aux os écrasés et aux nerfs tordus, cet amas sublime d'organes dissous sur lesquels flamboyait l'Extase, l'ombre de fille consumée qui vécut, deux trous ouverts au cœur, les deux trous par lesquels le glaive du Séraphin avait passé, et si physiquement et si réellement, qu'après la mort, sur le cœur même, on put constater la blessure.

Non, la Térèse que vous trouvez ici peut tout aussi bien s'appeler Héloïse. Ce n'est ni la brûlante Visionnaire de la Vie, la pluie de larmes qui coula toujours, ni l'Extatique torturée, l'ardente poétesse d'après la Communion qui nous a laissé ce livre des *Exclamations* où les phrases ne sont plus que des cris, et ce n'est pas non plus la sainte Térèse du livre des *Fondations*. La sainte Térèse des *Fondations* a été dévorée par le feu de l'autre Térèse, aux yeux éblouis de ces pauvres hommes qui répugnent toujours à accepter, dans un seul être, deux grandeurs.

En effet, fermez cette poitrine entr'ouverte. Essuyez la sueur de sang qui perle au lin de ce bandeau. Tarissez ces larmes dans ces yeux pâmés vers le Ciel, et qui, fermes et attentifs, redescendent tout à coup sur la terre, et vous avez la seconde grandeur de Sainte Térèse, vous avez la Térèse des *Fondations* ! La Térèse des *Fondations* et la Marthe de la Volonté, calme et toute-puissante, après la Marie de l'Amour, après la Marie des Sept-Douleurs et des Sept-Joies ! La Térèse des *Fondations* est une des plus majestueuses femmes d'Etat qui se soient assises par terre ou sur un escabeau, au lieu de s'asseoir sur un trône ? C'est une Blanche de Castille au cloître, mais supérieure à la mère de saint Louis par cela seul qu'elle est restée vierge et n'en fut pas moins mère — la mère de tous ceux qu'elle enfanta à la vie religieuse et qu'elle éleva pour les cieux !

Cette Sainte Térèse-là, inconnue, n'est révélée que par sa *Vie*. A certaines places de ce récit merveilleux où le surnaturel a complètement remplacé la nature, on voit surgir du fond de cette Contemplative, éperdue et perdue dans son Dieu, une raison plus forte que toutes ces flammes, qui met la main sur le cœur qui palpite et dit à ce cœur : « N'es-tu pas ta proie à toi-même ? Tes pensées sont-elles tes pensées ? N'est-ce pas le démon qui t'agite ? N'es-tu donc pas coupable de tant palpiter ? » Et effrayée, humblement et raisonnablement effrayée, elle appelle à soi la Science, la Doctrine, la paternité du Confesseur ; elle y appellerait toute l'Eglise pour s'attester qu'elle ne se trompe pas ; que ses visions ne sont pas des pièges de l'orgueil. Elle consulte partout et elle s'éprouve, et alors elle écrit les superbes pages de conseil et de précaution qui resteront pour l'instruction des âmes futures engagées sur ces escarpements, ces rebords de la vie spirituelle où tout pas conduit à un sommet, où tout sommet peut conduire à un gouffre. Alors apparaît et s'annonce cette grande conductrice d'âmes qui devait littéralement gouverner du fond de son monastère d'Avila tout un peuple de religieux et de religieuses et déployer dans cette conduite une prudence, une fermeté, une science des obstacles, et enfin un bon sens (ce bon sens, maître des affaires, a dit Bossuet) qu'aucun chef d'Etat n'eut peut-être au même degré que Sainte Térèse, l'Extatique, la Sainte de l'Amour.

Malheureusement, du reste, ce n'est pas dans un livre de la nature de celui-ci que nous pouvons donner une idée complète de la vie de Sainte Térèse, écrite par elle-même ; il faudrait s'arrêter plus longtemps que nous ne le pouvons. Dire que c'est la vie d'une âme éprise de Dieu et de perfection, qui a monté pendant quarante ans, chaque jour, une marche du ciel, le chrétien seul nous comprendrait, le chrétien qui sait à quel prix sanglant s'achète cette lente et magnifique Assomption de l'Amour ! Or, le livre de Sainte Térèse n'est pas seulement un chef-d'œuvre pour les Initiés de la Foi. En restant dans une appréciation purement humaine et littéraire, et en écartant toutes les questions théologiques qui se rattachent à une existence prodigieuse et impossible à expliquer avec les lois physiologiques dont nous sommes si fiers, la *vie* de Sainte Térèse, *confessée* par elle, est un de ces grands fragments de l'esprit humain, qui importent à l'esprit humain tout entier.

Si des hommes comme Cuvier et Geoffroy Saint-Hilaire sont des colosses d'investigation et de profondeur dans les sciences naturelles, dans le monde extérieur de la vie, une Sainte Térèse est un colosse du même ordre, à l'opposite de ces sciences, dans le monde interne de la spiritualité. Elle a percé, comme eux ont percé dans leur sphère. Elle a retourné les racines du cœur en nous étalant le sien. Ce n'était pas uniquement, comme ceux qui ne l'ont pas lue ont la bonté de la concéder, une femme supérieure par l'imagination, par la disposition poétique, exaltée par la prière et trouvant dans l'échauffante macération de la Règle et du Cloître l'expression embrasée qui ressemble chez elle à un encensoir inextinguible, le cri qui épouvante presque tous les cœurs et qui fait croire que le Génie a des rugissements comme l'Amour ! Non, elle était encore la femme puissamment rassise dans la raison, telle que les hommes conçoivent la raison, quand l'Extase, qui enlève l'esprit au ciel et ce corps de boue volatilisé dans les airs, la lâchait et la mettait par terre. C'était une grande scrutatrice humaine, un esprit trempé et aiguisé pour découvrir. Cette Voyante en tout ne voyait pas que le monde surnaturel. Elle voyait l'autre aussi. Elle plongeait dans les ténèbres des âmes pour elle transparentes. Il fallait qu'elle les sût pour les conduire, cette grande Directrice, qui les a conduites et soumises à un gouvernement inconnu des hommes, — le gouvernement de l'Amour ! Sa vie, comme elle nous l'a laissée, cette longue poésie écrite tout en élans, est un des plus beaux livres assurément de la littérature espagnole, mais elle est aussi le plus beau traité de psychologie appliquée qu'il y ait dans quelque littérature que ce soit. Les philosophes qui croient avoir inventé ce qu'ils retrouvent, s'imaginent que la psychologie est d'hier. La traduction de Sainte Térèse pourra leur montrer aujourd'hui, en attendant que M. Bouix leur traduise aussi le Docteur Séraphique (saint Bonaventure), où elle était, cette psychologie toute vivante, avant qu'on la vît morte et disséquée dans leurs écrits, comme sur des marbres d'amphithéâtre.

PASCAL (1)

I

Les *Pensées de Pascal* et l'*Etude littéraire* de M. Havet ne sont point une publication nouvelle. Elles datent de 1852. A cette époque, les travaux sur Pascal de MM. Cousin, Sainte-Beuve, Nisard, Vinet, etc., etc., avaient éclaté, et, sans prétendre les résumer, cette publication les étreignit tous, comme idées, en un bloc consistant et très ferme, pour le compte d'une édition spéciale, faite avec soin sur les textes confrontés et le rétablissement du sens de Pascal, si longtemps obscurci et mutilé ! Quoique pleine de choses connues déjà, l'*Etude* de M. Havet ne fut pas cependant uniquement la concentration énergique et habile de ce qui avait été dit précédemment dans le courant de cette moitié de siècle. M. Havet se permit aussi d'avoir son opinion sur Pascal. Il se permit d'avoir de la pénétration souvent, — plus souvent de la solidité. J'oserai même dire que, dans l'état actuel de la pensée du dix-neuvième siècle sur Pascal, personne n'est encore allé plus avant que M. Havet dans ce clair-obscur étonnant, — plus étonnant que celui de Rembrandt, — qui s'appelle l'âme et le génie de Pascal. En vivant longtemps dans l'étude de ce grand esprit, M. Havet a fait amitié,

(1) *Les Pensées de Pascal*, précédées d'une *Etude littéraire*, par M. Havet.

je ne dirai pas avec ces ténèbres, — comme disait M. Augustin Thierry de sa cécité, — mais avec cette profondeur agitée, et s'il n'a pas toujours découvert ce qu'il nous y montre, il a parfois ajouté à ce qui déjà y avait été découvert. Qu'elles appartinssent donc à lui ou à d'autres, les opinions qui donnent la vie à son *Etude* sur Pascal, et qui n'ont été jusqu'ici dépassées par aucune vue nouvelle, méritaient l'attention d'une Critique, qui a bien le droit de se demander si ce sont là les derniers mots qu'on puisse dire sur Pascal, et s'il y aura même jamais un dernier mot à dire sur cet homme qui fait l'effet d'un infini, à lui seul !

Pascal, en effet, a été plus retrouvé, plus restauré, plus raconté que jugé de ce jugement définitif et suprême qui donne la *raison suffisante* d'un homme ; il a produit plus d'étonnement que d'admiration encore, et presque plus de frayeur que d'étonnement. Les critiques à classifications et à catégories, les nomenclateurs qui croient aux familles d'esprits, ont été complètement déroutés par ce grand Singulier, sceptique et dévot, géomètre et poète, l'ordre et le désordre qui se battent contre sa tête avec son cœur. Ils n'ont rien compris ou du moins ont compris peu de chose à ce Solitaire, plus solitaire que tous les solitaires du Port-Royal dont il faisait partie, car jamais la règle et la communauté de doctrine et de foi n'empêchèrent qu'il ne fût seul, éternellement seul, sur la montagne de son esprit. Hélas ! il y restera jusqu'à son dernier jour, tenté comme le Sauveur Jésus, aussi sur la montagne ; et son tentateur, à lui, fut son propre génie, affamé de ce que les sciences de la terre n'ont jamais donné : la certitude ! On l'a si peu compris, que les uns le traitèrent en philosophe aberrant, et lui firent la petite leçon philosophique ; les autres comme un chrétien trébuchant dans le jansénisme, et lui firent la petite leçon religieuse, quand il eût mieux valu montrer les causes si particulières et presque *organiques* de ce jansénisme de Pascal. En somme, tout cela fut assez pitoyable. Chacun, avec son petit lumignon, ne montrait, en tournant alentour, qu'un point isolé du Sphynx énorme qui, du fond de l'ombre, où il était aux trois quarts plongé, semblait défier tous ces porteurs de bobèche ! Nulle lumière, en effet, ne s'était coulée autour de lui pour l'embrasser dans la beauté entière de sa forme étrange, et ne le simplifiait, en nous l'éclairant dans son irréductible unité et malgré ses incohérences de surface, cet homme, cet être plutôt que cet homme, qui fut encore autre chose qu'un grand géomètre, un grand sceptique, un grand dévot ! Mais quoi ?... C'est ce qu'il fallait dire, et c'est là ce qu'on n'a point dit !

Eh bien ! pour notre compte et dans la mesure de nos forces, c'est ce que nous voulons essayer de dire aujourd'hui. Nous ne voulons imiter personne, ni Voltaire, dont les *remarques sur Pascal* ne sont qu'un verre d'eau claire dans lequel il y a de petites raisons qui ressemblent à des animalcules ! ni M. Cousin, ce cartésien *constitutionnel* pour qui 1828 dure toujours et qui, à propos de Pascal, bon Dieu ! établit le plus grotesque des rapports entre le scepticisme philosophique et l'opposition politique qui n'est pas *constitutionnelle* ; ni même M. Sainte-Beuve, meilleur à imiter, cependant, car, du moins, celui-là est humain sous sa littérature et recherche les influences de la vie dans les révélations de la pensée ! Pour nous, là n'est point la question. Pour nous il s'agira bien moins ici des œuvres de Pascal et de sa valeur comparative ou absolue que de son entité, — que de ce qui le fait Pascal, — mais, quel que soit le mot qu'on choisisse. la créature d'exception, jusqu'à lui inconnue, qui s'appelle Pascal, et même Blaise Pascal ! Blaise, un nom de niais, accolé par le hasard, le roi des insolents et des ironiques, à cet autre nom de Pascal que la gloire devait faire un jour tellement resplendir !

II

Ainsi nous prions instamment qu'on ne l'oublie pas. Nous n'avons point à prendre la hauteur intellectuelle de

Pascal. Nous voulons seulement indiquer quelle fut sa *vraie réalité,* — qu'on nous passe le mot, quoiqu'il ait l'air d'un pléonasme. D'ailleurs, quand on regarde à la lettre même de ses œuvres, Pascal n'est pas si grand qu'on l'a cru pour une Critique qui n'est pas gâtée par cette admiration traditionnelle que lui, le plus fier de tous les génies, méprisait. Comme mathématicien, en effet, il fut pour les méthodes anciennes contre les méthodes nouvelles, dont il méconnut la portée, ce qui lui mérita peut-être que Voltaire le mît, comme géomètre, très au-dessous de Condorcet. Comme écrivain, opérant sur une langue qu'il n'inventa pas, quoiqu'on l'ait dit, car nous avons un si effroyable besoin de flatter que nous finissons par flatter la gloire, il imita Montaigne, et l'imitateur ne fit pas oublier l'imité. Sans Montaigne et sans un sentiment dont nous allons parler tout à l'heure, Pascal n'aurait jamais été que l'écrivain des *Provinciales,* ce chef-d'œuvre qui ne serait pas si grand, si les Jésuites étaient moins grands et moins haïs, les *Provinciales,* où le comique de cet immense Triste, qui veut plaisanter, consiste dans une ironie, répétée dix-huit fois en *dix-huit lettres,* et dans cet heureux emploi de la formule : *mon révérend père,* qui, — puisqu'on parlait à un jésuite — n'était pas extrêmement difficile à trouver !

Mais, encore une fois, Pascal, l'immortel phénomène, n'est pas là. Avant de dire ce qu'est un homme, il faut bien dire ce qu'il n'est pas. Le Pascal profond n'est pas plus dans son initiative scientifique que dans l'originalité de sa langue littéraire. Ce n'est point là qu'il faut chercher la caractéristique, l'élément générateur de son génie. Ce qui distingue Pascal, ce n'est pas la force de sa raison, car souvent il voit faux ; ce n'est pas non plus la pureté de sa foi, car souvent elle est troublée. Un pas de plus du côté où il marche, c'est dans l'hérésie qu'il tomberait ! Non ! ce qui le crée Pascal ; ce qui lui fait, par l'accent seul, une langue à lui à travers celle de Montaigne, dont il a les tours et dont il s'assimile les qualités ; ce qui lui donne une originalité incomparable entre tous les esprits originaux de toutes les littératures, et le fait aller si loin dans l'originalité que parfois il rase l'abîme de la folie et donne le vertige, c'est un sentiment, — un sentiment unique, un sentiment assez généralement méprisé par le superficiel orgueil des hommes, — et ce sentiment, c'est la peur !

Mais tout ce qui est intense est magnifique dans ce monde sans énergie ; et d'ailleurs, la peur, ce n'est pas la lâcheté ! « Quel est le lâche qui n'a jamais eu peur!... » disait Ney, le *brave des braves*. La peur de Pascal était digne de son âme et de son esprit. Elle pouvait exister sans honte, car c'était la peur du seul être avec lequel on puisse bien n'être pas brave : c'était la peur de Dieu ! Je n'ai point à examiner si cette peur, qui était pour l'âme immatérielle de Pascal ce que serait une hypertrophie pour nos cœurs de chair, était légitime ou exagérée, mauvaise ou salutaire ; si elle avait le droit philosophique ou religieux d'exister ; ou si elle n'était pas plutôt un manque d'équilibre et un égarement dans des facultés toutes-puissantes. Je me contente de la constater, car elle me suffit pour expliquer le Pascal sans égal, le Pascal des *Pensées*. Cette sublimité qu'on rencontre en ces quelques pages inachevées, et qui n'ont aucun modèle, quant à l'inspiration qui les anime, cette sublimité qui n'existait plus depuis les effarements de quelques Prophètes, je la trouve en Pascal, dans la peur de Dieu et de sa justice, la plus grande peur de la plus grande chose qui pût exister dans la plus grande âme, l'âme de Pascal que j'appelais plus haut : « A elle seule tout un infini ! »

Et il fallait qu'elle fût grande, en effet, cette âme, pour être plus forte que l'esprit dont elle était accompagnée : car, cet esprit, elle l'a vaincu, elle l'a emporté hors de la science et hors du monde, comme un lion emporte un enfant ! Là, dans le désert, le saint désert, comme disaient ces anachorètes, la terrible lionne l'a foulé aux pieds, déchiré, déchiqueté, et elle a répandu autour d'elle ses lambeaux saignants avec une fureur de mépris dont vous pouvez juger encore, car ces lambeaux, ce sont les *Pensées* de Pascal. Débris grandioses auxquels les articulations manquent : mais quel prodigieux organisme ne font-ils pas supposer ? L'ivresse de la terreur, d'une terreur sans bornes, a pu seule donner à l'âme d'un homme la force de briser un esprit pareil, car l'âme et l'esprit sont adéquats chez Pascal. C'est même la raison, par parenthèse, qui m'a toujours empêché de croire qu'eût-il vécu plus longtemps et n'eût-il pas eu dans le cœur le néant de tout, qui empêche de rien achever, Pascal eût pu élever à la religion le monument que l'on regrette, non que l'ordonnance d'un beau livre ne fût dans les puissances de ce grand esprit de déduction et de géométrie, mais la peur fait trembler la main et dérange les combinaisons de l'artiste, tandis que la terreur, tout le temps qu'elle ne vous glace pas, fait pousser le cri pathétique ; et le cri pathétique chez l'écrivain, c'est l'expression ! ce n'est plus l'art, c'est le génie !

III

Le génie donc, mais le génie de l'expression et du sentiment, voilà la supériorité nette (*reina netta !*) de Pascal ! Quelque pénétrant qu'il soit, il est plus *pénétré*, il est plus éloquent encore. Dans ce livre qui saigne, ce n'est pas la pensée qui domine, c'est la pathétique ! La pensée qui circule dans ces *Pensées* est bientôt dite, et c'est toujours la même pensée. « Rien de certain, « rien qui se démontre, la philosophie radicalement « impuissante, la *raison, sotte,* Dieu donc et Dieu, « c'est-à-dire Jésus-Christ, » tel est le fond : mais la forme et plus que la forme, — car, au point de vue extérieur, cette forme, c'est Montaigne, Montaigne, c'est l'écorce du style de Pascal, — mais l'âme inouïe qui circule dans tout cela, qui passe à travers ce fond de si peu d'invention et cette forme de peu de mémoire, voilà le Pascal en propre, voilà l'originalité qu'on n'avait pas vue et qu'on ne reverra peut-être jamais ! Quoiqu'il y ait là de bien grandes images qui frappent le front, les yeux et l'esprit comme une main, ce qui est plus beau que l'image encore, l'image, d'un physique si puissant, c'est l'accent, l'intime accent. Jamais il n'en fut de plus tragique, de plus amer, de plus angoissé, de plus méprisant, quand, du pied de la Croix, cette grande âme qui souffre la *passion* de la raison humaine se retourne vers le monde, et aussi de plus humble, quand, du monde, au contraire, elle se retourne vers la Croix !

Telle est la beauté des *Pensées*. Ce n'est pas la partie des pensées qu'il veut fonder, qui essaie de construire, qui raisonne enfin, qui est la plus sublime en Pascal, c'est la partie qui tremble, crie et doute, a horreur de douter, doute encore et s'épouvante de son doute vis-à-vis de la seule clarté qu'il y ait pour elle, l'épouvantante clarté de Dieu ! Effrayant génie que Pascal ! a dit Chateaubriand. Ah ! il eût dû dire effrayé ! car l'effroi qu'il ressent est encore plus terrible que celui qu'il cause. C'est l'épouvante jusqu'à la poésie de l'épouvante ! Oui, sous les lignes brisées de ce grand dessein géométrique qu'on aperçoit encore en ces *Pensées*, comme le plan interrompu d'une Pompéi quelconque après le tremblement de terre qui l'a engloutie, il y a une poésie, une poésie qu'on ne connaissait pas avant Pascal, dans son siècle réglé et tiré à quatre épingles ; la poésie du désespoir, de la foi par désespoir, de l'amour de Dieu par désespoir ! une poésie à faire pâlir celle de ce Byron qui viendra un siècle plus tard, et de ce Shakespeare qui est venu un siècle plus tôt ! Pascal, en effet, c'est le Hamlet du catholicisme, un Hamlet plus mâle et plus sombre que le beau damoysel de Shakespeare, mais c'est tout à la fois le poème et le poète ! C'est un Hamlet, mort à trente ans passés, qui n'eut pas d'Ophélie, qui *cause* aussi, et dans quelle langue, grand Dieu ! avec la tête de mort que les solitaires mettent auprès de leur crucifix, et qui, s'il se rejette, comme l'autre Hamlet, en arrière devant le trou de la tombe, c'est qu'au fond il voit l'enfer, que l'autre Hamlet n'y voit pas !

Ainsi, c'est un poète, en définitive, que Pascal. C'est

le poète de la peur qui a écrit ce grand mot caractéristique de son âme : « Le silence des astres m'épouvante ! » C'est un poète qui a dévoré, dans sa flamme, le géomètre, le philosophe, et même le sceptique qui était en lui, et de cette cendre il a fait jaillir sa poésie ! Poésie naïve s'il en fut, celle-là, car elle ne se sait pas poésie, et quand elle le saurait, elle ne s'en soucierait pas ! Chose prodigieuse ! dans une doctrine qui touche par un seul point à celle de Calvin, mais qui y touche, Pascal a su être un grand poète. Or le calviniste éteint tout, excepté l'enfer. C'est la seule orthodoxie qu'il ait gardée. Eh bien ! l'enfer a été la source de la formidable poésie de Pascal. C'est par le sentiment, même quand il est inexprimé, de cette poésie terrible, plus que par sa roulette, plus que par un pamphlet toujours populaire, plus que par tout ce qu'il a fait jamais, qu'il est resté le dominateur des esprits, et même de ceux qui lui sont rebelles : car on a répondu, bien ou mal à toutes ses *raisons*, et, malgré l'accablante expression de son génie, l'intelligence humaine n'est pas vaincue, mais ses *sentiments* emportent tout, et ceux-là qu'il n'a pu convaincre de ce qu'il croit, il les a emportés par la beauté de ce qu'il écrit, et ils conviennent qu'ils sont emportés ! Qui sait, du reste ? peut-être n'y a-t-il pas d'autre manière de mettre les pieds sur ces deux révoltés tenaces, le cœur de l'homme et son esprit !

IV

Et c'est aussi par là qu'il vivra toujours, le Pascal des *Pensées*. Rien n'est plus immortel qu'un poète, que la grandeur des sentiments qui fait les poètes et les héros, car les héros sont aussi des poètes, les poètes de l'action ! Les Sciences vieillissent : bonnes femmes qui radotent en nous parlant de leur éternelle jeunesse. Les Philosophes se succèdent. Je ne veux pas dire que Descartes ne soit plus, mais il est bien changé ; on en a fait un universitaire. Quel aplatissement ! S'il revenait au monde, il se trouverait un peu *verdi* dans la *mirette* de M. Cousin. Après Kant, d'ailleurs, après Schelling, après Hegel, il faut convenir que même sans M. Cousin, l'homme du *cogito* serait un peu terni. Mais Pascal, lui, le Pascal des *Pensées*, n'a pas, comme on dit, pris un jour. Toute une armée de géomètres a passé pourtant sur le géomètre du dix-septième siècle et planté plus loin que la place où il était tombé l'étendard de la découverte ! Le jansénisme s'en est allé en fumée avec les autres poussières d'un siècle écroulé, et, jusqu'en ce beau livre des *Pensées*, il s'est trouvé de vastes places qui maintenant font trou dans le reste, comme dans un tableau écaillé. La foi religieuse a pâli. La croyance au surnaturel, qui était le seul naturel pour Pascal, a diminué dans les esprits, retournés vers l'en-bas des choses. Il y a donc tout un Pascal de mort dans Pascal. Mais il y en a un autre qui ne mourra pas, c'est le poète des *Pensées !* c'est le poète, qui est par-dessus tous ces raisonnements, tous ces doutes, toute cette syllogistique désespérée, toute cette algèbre de feu qui cherche l'inconnue et ne la trouve jamais, et qui, comme un phénix effrayé, aveuglé par les cendres du bûcher où il est consumé lui-même, se sauve tout à coup dans le ciel !

Du reste, on l'a traité en poète, allez ! Le dix-huitième siècle, qui avait bien ses raisons pour ne pas aimer la poésie, l'a assez insolemment toisé du bas de sa prose, de sa raison et de sa froideur ! Un Jésuite l'avait appelé athée, ce Pascal qui tue l'intelligence sous Dieu ; des philosophes l'appelèrent visionnaire. Ils en firent un malade et ils inventèrent même une petite légende d'*abîme qu'il voyait incessamment ouvert à ses pieds*, et cette légende, qui rapetissait Pascal, a eu crédit longtemps, et c'est un poète, c'est M. Sainte-Beuve, qui, impatienté, l'a mise à la fin en pièces, l'autre jour !

Poltron qui avait peur du diable ! Voilà comme on traduisait cette terreur sainte du Dieu irrité et jaloux qui féconda Pascal et en fit un poète incompréhensible aux pousseurs d'alexandrins de tragédie ! Voltaire, Voltaire, qui se croyait avec raison plus philosophe que poëte, eut les pitiés les plus impertinentes pour Pascal. Dans ces *remarques*, dont j'ai parlé et dans lesquelles il fait tour à tour le joli cœur et le Tartufe : « Ne mettons point, dit-il d'un ton protecteur, de capuchon à Archimède. » « Etes-vous fou, mon grand homme ? » lui dit-il encore en se déboutonnant, familier et maraud ! S'il l'était, c'était de cette folie dont il faut avoir *trois quarts* avec un *seul quart* de raison, pour être un homme de génie, disait M. Royer-Collard, et cette folie-là, avec ses trois quarts de raison, Voltaire ne l'avait pas !

Devant la Postérité et cette partie de la Postérité qui aime les grands poëtes, Voltaire n'aura jamais l'honneur d'avoir été, en toute sa vie, une seule minute, fou comme Pascal !

BOSSUET [1]

I

C'est en 1814 que le cardinal de Bausset publia cette *Vie de Bossuet* qui le conduisit à l'Académie. En ce temps-là, les études historiques et biographiques n'avaient pas le degré d'importance et de profondeur qu'elles ont acquis depuis cette époque, et que, grâce à Dieu ! elles ne perdront plus. A toutes les vies qu'on publiait alors, ce qui manquait, c'était précisément la *vie !* Le XVIIIe siècle n'avait qu'une phrase. Nul souffle puissant ne passait donc sur ces faits qui sont comme les os de l'histoire, et ils restaient inanimés. De niveau avec ses contemporains, l'ancien évêque d'Alais n'avait rien du prophète qu'il aurait fallu pour faire lever de leur tombe les grands ossements de Bossuet et leur donner une seconde fois la vie dans une biographie tout ensemble ardente et lumineuse. Esprit médiocre, n'ayant pour tout talent que la gravité de son état, âme de rhéteur, doctrine trop souvent erronée, le cardinal de Bausset pouvait nous raconter Bossuet, mais le montrer vivant ou le juger, cela lui était impossible. Terrible condition de l'histoire ! Sous peine de retomber dans les redites de la vulgarité, un grand homme est presque nécessaire pour juger un grand homme... Du

(1) *Études sur la vie de Bossuet jusqu'à son entrée en fonctions en qualité de précepteur du Dauphin.*

moins, un certain plain-pied doit-il exister entre l'historien et son héros, pour que l'histoire soit entendue. Si une disproportion trop choquante subsiste entre eux, le jugement devient une insolence, même quand l'admiration l'aurait dicté. L'admiration n'est pas la moindre des insolences que la médiocrité, qui se permet tout, se permette envers le génie, lorsqu'elle croit pouvoir se mesurer avec des sujets plus grands qu'elle.

Cependant, la *Vie* de l'Aigle de Meaux, tout oppressive qu'elle fût pour le faible talent de Bausset, eut un succès réel quand elle parut, et ce succès s'immobilisa dans l'espèce de considération qu'elle a gardée, mais dont les causes ne sauraient échapper qu'à une critique sans pénétration et sans regard. La *Vie* en question était la première mise en œuvre, régulière et suivie, des nombreux documents qu'on avait sur Bossuet, et de plus, c'était l'ouvrage d'un homme qui, vu par les dehors de son état, avait qualité pour parler congrûment d'un évêque, puisque cet homme était cardinal. Voilà ce qui donna une notoriété presque éclatante à un livre qui, littérairement, ne méritait pas tant de bruit. Voilà ce qui sauva de l'oubli un homme pour qui l'Eglise romaine se montra plus que généreuse, mais pour qui la Fortune, à force de bontés, finissait par se retrouver cruelle. Ecrasé par le sujet auquel il avait osé mettre la main, l'historien n'en avait pas moins écrit son nom à la suite du nom de Bossuet, et les rayons du nom flamboyant se projetaient sur le nom fait pour rester obscur. Mais pour qui savait voir, ils en éclairaient mieux le néant. Pour qui savait lire, il était évident que c'était là une histoire à refaire, et que ce livre de Bausset n'était pas un monument qui pût effrayer ou désespérer personne. La difficulté n'était pas de faire mieux, c'était de faire bien ; c'était de peindre ressemblant ce qu'il y a de plus difficile à peindre, c'est-à-dire un homme dont toutes les imaginations sont remplies, et d'appuyer un ferme regard sur la personnalité la plus capable de décontenancer qui la juge.

L'enthousiasme ne sait pas trembler. Un écrivain

qui a voué à Bossuet un culte véritable et qui, pour mieux vivre tête à tête avec lui, s'est retiré intellectuellement de son siècle et n'a plus habité que celui de cet imposant génie, Floquet, a entrepris de nous donner un livre nouveau sur Bossuet, et, quoique sa modestie le cache avec un goût parfait sous ce nom respectueux d'*Etudes*, ce livre, d'une érudition vaste et détaillée, n'en est pas moins une biographie. Il ne nous donne cette fois que les trois premiers volumes de cette histoire, qui doit absorber dans son flot grossi de renseignements les notions incomplètes du livre de Bausset sur le grand évêque. Le récit du nouvel historien s'arrête au moment où Bossuet est nommé précepteur de Monseigneur le Dauphin et met son pied sur la première marche de l'escalier de Versailles. Si l'on en juge par ce qu'il publie là et ce qui lui reste à publier encore, Floquet ne serait guère plus qu'au tiers de la tâche qu'il s'est imposée. Mais cette première partie est peut-être la plus curieuse, la plus réellement *biographique* de la vie de Bossuet, parce qu'elle était la plus obscure, — s'il est permis pourtant de dire qu'il y eut jamais de l'obscurité dans la vie de Bossuet, de ce soleil pour qui Dieu a essuyé l'azur dans lequel il devait monter avec une splendeur si tranquille, et préparé un firmament.

II

Tout lui fut facile, en effet. L'histoire des grands hommes, qui, d'ordinaire, est une horrible lutte contre les choses, la société et eux-mêmes, reçut de Bossuet cet éclatant démenti d'un bonheur égal au génie. Pour une fois, Dieu voulut qu'on pût être grand sans souffrir. Bossuet a sur le front le signe des heureux, et, le croira-t-on ? ce front n'en est pas moins auguste. Nul, dans le siècle et hors du siècle, parmi les saints et parmi les hommes, n'a eu jamais, je crois, de destinée d'une plus complète harmonie. Prenez l'histoire ou la légende, et comparez. Quel ne sera pas votre étonnement! Gœthe peut-être, dans ces derniers temps, eut un bonheur qui rappelle celui de Bossuet par l'éclat soudain et par la constance. Mais le bonheur de Gœthe tient surtout à l'insensibilité de son âme, tandis que sous la croix pectorale de Bossuet il y avait un cœur qui pouvait être déchiré... Cette incroyable félicité de Bossuet commença pour lui avec la vie. Fleuve magnifique et pur dès sa source, il entra aisément et fortement dans l'existence, comme ces fleuves qui roulent sur des pentes et qui n'ont pas besoin de surmonter des résistances pour creuser un lit à leurs eaux. Issu d'une famille profondément religieuse, qui l'avait destiné, dès son plus bas âge, au sacerdoce, il n'eut pas besoin pour aller à Dieu de passer, comme saint Colomban, par-dessus le corps de sa mère. Famille, vocation, facultés, mouvement naturel à son âme, tout était d'accord et le poussait du même côté, — du côté de Dieu. Dieu, qui l'attendait, ne lui envoya pas les épreuves qui auraient retardé sa venue vers lui. Nommé, dès treize ans, à un canonicat de l'Eglise de Metz, s'il ne grandit pas, comme Eliacin, dans le sanctuaire, il grandit du moins pour le sanctuaire, au sein duquel se trouvait la place qu'il devait occuper un jour.

Il fut presque un enfant célèbre. Doué de facultés prodigieuses, ce furent ces facultés qui le conduisirent vers les Sciences sacrées, à la recherche de la Vérité éternelle, comme l'étoile mystérieuse conduisit les Mages à la Crèche. Chose étrange! on ne discuta pas l'étoile. On la vit et on s'écria. L'enfant fut plus heureux que bien des hommes. On ne lui nia pas sa supériorité précoce, douleur amère par laquelle toute supériorité commence! On salua la sienne, au contraire, et on y applaudit avec sympathie. Il était donc puissant, et il n'était pas solitaire! Apôtre futur de Celui qui à douze ans enseignait dans le temple, il jaillit docteur par la force seule du génie, à l'âge où les autres jeunes gens ne sont que des bégayeurs de sciences apprises, mais non pénétrées. Que sont les succès de collège? Blé de l'esprit que trop souvent on mange en herbe, c'est la gloire rétrospective des sots. Mais les succès de Bossuet à Navarre furent assez grands pour préoccuper les plus hautes compagnies d'une des plus hautes époques qui planent dans l'histoire. Cet imberbe écolier dans lequel Condé semblait reconnaître quelque chose de son jeune génie à Rocroy, fut, dès les premiers pas, le *lion* de son époque, ainsi que nous disons maintenant, et cette faveur méritée qui s'accrut toujours et qui ne défaillit jamais, le suivit jusque dans la vieillesse. En cela plus heureux que ce Louis XIV lui-même, qui est aussi un des plus grands Heureux de l'Histoire, mais qui eut ses jours de revers. Si Bossuet fit des fautes, du moins il ne les paya pas, comme Louis XIV, à même sa gloire et son bonheur.

Oui ! encore une fois, on cherche l'*obscurité du commencement* inhérente à toute destinée, dans ces premières années de la vie de Bossuet, — racontées par son nouveau biographe avec le détail le plus circonstancié, et j'ose dire, le plus épuisé maintenant, — on ne la trouve pas ! Il y a des différences dans la gloire de Bossuet, comme il y a des places plus rayonnantes, plus condensées, plus blanches dans la lumière, mais de l'absence de lumière, mais de l'ombre *positive* à un seul endroit de cette vie étonnante, on la cherche en vain... Seulement, cette lumière qui partout l'inonde, et dont l'écrivain qui la retrace finirait par être ébloui, passant à travers les mœurs simples et fortes de cet homme trop grand pour n'être pas un bon homme, donne à cette vie, aveuglante d'éclat, des tons doux, charmants, attendris, qui nous reposent et qui nous touchent, et qui ont influé, sans qu'on s'en soit rendu bien compte jusqu'ici, sur ce qu'il y avait de plus beau et de plus profond dans sa pensée.

Car Bossuet, le Bossuet de la critique, qu'il faut aller chercher sous le Bossuet de l'histoire et je dirais presque de la légende, est victime de sa propre renommée. Comme la plupart des grands hommes acceptés, par l'opinion des siècles, il s'est moulé dans un de ces types d'une trivialité sublime auxquels il est difficile d'ajouter ou de retrancher quelque chose. La tête humaine n'est pas conformée de manière à ce que l'admiration y pénètre par plus d'un côté à la fois. Elle retourne malaisément les médailles qu'elle a gravées pour les frapper dans un autre sens et en compléter la figure. Bossuet, reconnu sans conteste pour le plus grand écrivain et le plus grand orateur du grand siècle, Bossuet, l'Ezéchiel ou l'Isaïe de l'histoire, n'a, a-t-on dit, que les dons qui tiennent à la grandeur, à l'élévation, à la véhémence. Quand il s'agit de la tendresse, il est reçu de lui opposer Fénelon. Bossuet et Fénelon adossés, appuyés l'un à l'autre, formeraient, ajoute-t-on, le génie complet, l'idéal du génie chrétien dans sa douceur et dans sa puissance. Ni la lecture des œuvres de Bossuet, ni ses lettres, ni ses *Elévations*, ni ses écrits mystiques, ni cent passages de ses sermons, n'ont pu modifier ce jugement faux, coulé en plomb dans le moule à bêtises de la tête des sots, lequel jugement vient de la gloire de Bossuet et de l'éclat extérieur de sa vie, mais qu'une autre partie de cette vie pourrait réfuter, comme ses œuvres, si l'on prenait la peine de l'invoquer !

Eh bien, c'est cette partie de la vie de Bossuet que j'appelle la plus biographique et la plus utile à connaître pour nous expliquer ce grand homme, que Floquet a particulièrement étudiée. Avec un regard très fin et très juste de critique qu'on ne s'attendait pas à trouver embusqué dans le fourré d'une érudition si profonde, Floquet a très bien vu l'influence de la vie intime et cachée sur le génie de Bossuet et sur son âme. Il ne s'est pas contenté de répondre par d'admirables citations à l'opinion qui rapetisse Bossuet en ne faisant tenir son talent d'orateur que dans les *Oraisons funèbres* (c'était l'opinion de cet ignorant et fat XVIIIe siècle, qui estimait aussi que tout Massillon était dans son *Petit Carême)*; l'auteur des *Etudes* est allé plus loin. Il a montré, par une foule de passages qu'il aurait pu multiplier, que les cordes tendres, mélodieuses, divinement brisées, ne manquaient pas plus à Bossuet que la fierté des cris, et il nous explique qu'il les eut et qu'il aima à les faire résonner ! Après ses succès du collège de Navarre et en Sorbonne, Bossuet, prêtre et déjà prédicateur célèbre, se retira tout à coup à Metz, traînant après lui tous les regards de la France. Là, il vécut préoccupé des soins de son canonicat et d'études dont le fond n'a jamais peut-être été touché que par lui seul. Là, il eut son désert, sa Pathmos, mais une Pathmos tranquille, ce Carmel dont il parla un jour dans son oraison de Marie-Thérèse avec un accent qui troubla ces gens de la cour et leur fit entrevoir tout à coup la douceur des pieuses retraites dans des horizons éloignés. Là, enfin, il s'enveloppa dans sa fonction de simple chanoine, vivant entre sa maison studieuse et sa cathédrale, *embrassant tous les soirs sa sœur et la quittant pour s'en aller à matines* ; et cette vie régulière et cachée, racontée pour la première fois par Floquet, cette vie devenue de *l'inconnu* par l'éloignement et par le temps, cette pénombre au fond de la gloire, cette brune draperie tirée contre le jour, qui tombe toujours plus fort par la fenêtre de cette cellule, tout cela nous prend au cœur et nous fait entrevoir un Bossuet inattendu et touchant.

Ce n'est plus là le grand portail officiel que l'imagination idéalise, cette apothéose du plafond que la postérité regarde d'en bas et admire ; ce n'est plus le Bossuet de Versailles dont la main, brillant de l'émeraude donnée dans la mort de Madame Henriette, s'étend haut de la chaire sur le front pensif ou pénitent de Louis XIV ; ni ce prélat majestueux, ce grand artiste en dignité extérieure, qui ordonnait qu'on changeât dans ses jardins de Meaux un escalier en pente adoucie, pour que les flots moirés de sa robe violette traînassent derrière lui avec une décence plus grandiose. C'est un autre Bossuet, moins sculptural et plus humain, moins radieux, mais certainement plus poétique, ainsi trouvé et saisi qu'il est dans ce clair-obscur que tous les biographes avaient fait de six ans à peine, et qui fut, au compte de Floquet, de dix-sept, — de 1652 à 1669. Le Bossuet de la stalle en chêne de l'antique église de Metz, digne d'inspirer un poëte comme Byron quand Byron devenait catholique et pleurait en entendant l'orgue, ce Bossuet ponctuel comme le Devoir et comme l'Humilité, qui arrivait, quarantième manteau noir, pour l'office de nuit, pendant dix-sept ans, à sa place accoutumée dans le chœur de l'église assombrie, a beaucoup frappé Floquet, qui n'est pas un rêveur, mais un esprit solide. Aussi se demande-t-il, en vrai psychologue et en observateur profond, ce que dut gagner l'esprit de Bossuet dans ces longues heures passées au chœur, dans les loisirs vigilants de la Contemplation et de la Prière ; et il se répond comme se répondrait Sainte-Beuve, le grand critique des influences, qu'il y apprenait la mélancolie.

Destiné à un bonheur immuable, aux pompes triomphantes et joyeuses de Versailles et de Saint-Germain, Bossuet, cet homme à la vertu robuste, qui ne devait connaître ni nos passions ni nos douleurs, ce cœur vierge qui n'avait soif et convoitise que du salut des âmes, ce front pur à force de hauteur, cet œil d'aigle qui ne voyait que Dieu dans les choses humaines, s'accomplissait alors jusque dans le fond le plus intime de son génie. En psalmodiant David ou en méditant Jérémie, sous ces vitraux devenus obscurs, au déclin de complies où l'Esprit de Ténèbres — dit le Psaume — rôde de plus près autour de nous, Bossuet s'assimilait par l'intelligence une tristesse qui ne devait jamais atteindre la sérénité de son âme, et qu'il devait pourtant exprimer ! Il importait dans sa pensée cette profondeur de rêverie que ne s'expliquait pas Chateaubriand et que Floquet explique, et ces couleurs mornes et désolées qu'il devait retrouver dans ses souvenirs. Enfin, il se faisait lentement ce Bossuet dont un moine de ces derniers temps a pu dire, pour montrer qu'il avait aussi bien en lui la douceur résignée, le sentiment de l'immolation, — toute la mélancolie chrétienne qu'on lui refuse, — que la force qu'on ne lui nie pas : « Il avait « la main droite sur le lion de Juda, et la gauche sur « l'Agneau immolé avant tous les siècles. » Mot le plus plein et le plus résumant qui ait été dit sur Bossuet !

III

Telle est la partie de l'histoire de Bossuet que Floquet *restitue* et qui lui appartiendra probablement beaucoup plus en propre que les autres parties de son travail. A côté de cette découverte et de cette interprétation qui nous fait voir une grande figure sous un angle oublié, nous n'avons rien trouvé dans ces trois volumes d'un mérite égal et d'un charme aussi pénétrant. La faute n'en est pas à l'auteur des *Etudes*, mais à Bossuet lui même, à cette mine d'or fouillée et retournée depuis deux cents ans, et dans laquelle il est bien difficile de trouver un filon de plus. L'historien, obligé de revenir aux vulgarités d'une gloire qui force d'unir ces deux mots ensemble : « la popularité du respect », l'historien n'est plus que l'historiographe de cette gloire ouverte à tout venant. Seulement il l'est à sa manière, avec une abondance de notions, une appropriation de connaissances qui prouve à quel point l'enthousiasme touche à la patience et que rien n'est impossible à l'amour !

Floquet admire Bossuet comme Kepler admirait le monde. Aussi, dans son livre, quoique vous y voyiez passer les figures qui sont les éternelles tentations des peintres d'histoire : Richelieu, Mazarin, Louis XIV, le Grand Condé, saint Vincent de Paul, — j'allais presque dire saint Turenne, car ce grand converti de Bossuet, avant qu'un boulet de canon l'envoyât à Dieu, pensait à y aller autrement en se retirant à l'Oratoire, — tous ces personnages, tous ces grands hommes, n'y existent que dans le rapport qu'ils ont directement avec Bossuet. L'auteur, un normand qui a les qualités de sa race, un normand à front carré : « le signe de la sagesse », a dit saint Bonaventure, qui a devancé Lavater ; l'auteur des *Etudes* n'a aucune des ambitions qui n'auraient pas manqué d'égarer un esprit moins gouverné, moins réfléchi et moins mûr. Bossuet est son sujet et non pas le XVIIe siècle, et voilà pourquoi on trouvera dans son livre tant de détails purement religieux et sacerdotaux, que les historiens à idées générales et à intentions pittoresques trouveront peut-être petits et inutiles. Mais je ne suis point, pour ma part, de ces dégoûtés. Ni les controverses du temps de Bossuet, mortes maintenant, ni les conversions dues à sa parole et qu'on a oubliées parce que tout le monde n'est pas Turenne, ni les commissions apostoliques dont il fut chargé pour la réformation des monastères, ni les fondations auxquelles il prit part, ces travaux immenses, ne pouvaient être rejetés sur le second plan quand il s'agissait de Bossuet. C'étaient les faits de l'histoire générale, au contraire, qui devaient reculer et passer du centre à la circonférence. Floquet n'a pas hésité devant cette nécessité et cette rigueur de son sujet, qui auraient effrayé un esprit moins consciencieux et moins grave.

Au point où il a mené son histoire, Bossuet n'est encore qu'un grand sermonnaire, un grand controversiste, un prêtre de génie, mais un prêtre. Ce sont les œuvres et les travaux du prêtre qu'il fallait dire, et Floquet les a dits avec une phrase forgée un peu trop peut-être sur la phrase de Bossuet ; car l'amour aime la dépendance. A cette époque de son histoire, Bossuet réalise le jugement dit sur lui par un génie fastueux : « Il voyait tout, mais sans franchir les limites posées « à sa raison et à sa splendeur, comme le soleil; qui « roule entre deux bornes éclatantes, et que les Orien« taux appellent pour cela l'*Esclave de Dieu.* » Ne les franchit-il jamais ? C'est ce que Floquet nous dira plus tard. Quand Bossuet sera devenu un grand évêque, quand la gloire l'aura apporté à la puissance, quand il sera presque un homme d'Etat, presque un ministre, l'intermédiaire entre Rome et la France, nous rentrerons dans les conditions de l'histoire générale et nous saurons si l'excellent biographe s'élèvera jusqu'à l'historien.

SAINT BENOIT LABRE[1]

I

Le livre dont je vais vous parler doit être d'un intérêt puissant pour tout le monde, — sans exception, pour tout le monde. C'est la vie d'un Saint, — et d'un Saint tout neuf, canonisé d'hier. Mais il n'y pas que les chrétiens fervents qui puissent s'intéresser à la vie prodigieuse de ce Saint. Tout homme qui pense, — tout moraliste, — tout physiologiste, — se sentira saisi d'une ardente curiosité devant le phénomène de cette existence mise en dehors de l'humanité par l'énergique volonté et la passion religieuse d'un homme, et voudra la scruter et s'en rendre compte *philosophiquement*... Voilà pour la science et pour la pensée ! Mais l'imagination reste encore...

Le livre de M. Aubineau, le rédacteur de l'*Univers*, qui n'est, certes ! pas écrit par un poëte, ni même par quelqu'un qui ait le génie de l'hagiographie nécessaire pour traiter un pareil sujet, n'en donnera pas moins à l'imagination une de ces fortes secousses qu'elle aime... Qu'est-ce, en effet, qu'Obermann, René, le Lépreux de la cité d'Aoste, ces trois fameux héros de roman dont on peut dire que l'âme du XIXe siècle en est encore pleine, en comparaison de Benoît-Joseph Labre, ce soli-

(1) *La Vie du bienheureux mendiant et pèlerin Benoît-Joseph Labre.*

taire comme eux, qui comme eux, s'était arraché des voies du monde, — pour des raisons plus hautes que les leurs : car, eux, c'était, en ce qui regarde Obermann et René, le dégoût égoïste et hautain d'âmes plus grandes, — ou, du moins, qui se croyaient plus grandes que ce que la vie sociale avait à leur donner, — et, en ce qui regarde le lépreux, la honte d'une affreuse misère ? Benoît Labre est un solitaire d'un autre ordre. Il ne s'est pas isolé du monde parce qu'il avait la lèpre du corps comme le lépreux, ou la lèpre de l'orgueil comme Obermann et comme René. Lui, il s'est isolé du monde pour vivre davantage en Dieu, et parce qu'il aimait exclusivement Dieu.

Il est vrai que l'amour de Dieu est l'amour que nous comprenons le moins de tous les amours mystérieux du cœur de l'homme... Mais voyons, messieurs les penseurs ! n'est-ce pas là une raison de plus pour l'étudier ?...

II

Et d'abord, quoique M. Léon Aubineau, dans sa *Vie de Benoît-Joseph Labre,* ne soit pas un écrivain selon mon cœur, mais un glaçon du XVIIe siècle, assez incorrectement taillé, je lui sais gré pourtant d'avoir eu la hardiesse d'aborder ce sujet, qui aurait fait peur à un catholique moins convaincu que lui. En s'occupant avec respect d'un Saint à qui on a fait une petite popularité moqueuse, et, disons-le, presque ridicule, M. Aubineau a montré le courage le plus rare en France : le courage de marcher sur le ridicule, ce fantôme qui, du reste, s'évanouit toujours, le lâche ! quand on marche dessus.

Benoît Labre est pour les Voltairiens un thème à bouffonneries. Rien d'étonnant à ce que les partisans de la philosophie du *Mondain* tombent à bras raccourci sur les guenilles du pauvre Benoît Labre, ce mendiant qui ne soupait pas ou qui ne voulait pas souper, comme cet autre mendiant de Voltaire, chez les Pompadour de son temps. Mais que de bonnes âmes, pas du tout voltairiennes, lui aient été dures et aient eu la sottise de faire de ce Saint je ne sais quel symbole de la paresse et de l'ignavie, voilà ce qui peut étonner. J'ai vu, dans mon enfance encore des statues de jardin représentant un grand dadais en manches de chemise, appuyé sur sa bêche, au-dessous duquel on avait écrit : « Saint Labre, patron des paresseux. » Stupidité immense de la frivolité française ! Tout le monde s'était donc donné le mot contre un Saint antipathique à nos mœurs légères, élégantes et voluptueuses, et qui déconcertait nos sensualités .. Et cela continue toujours. Tenez ! dans ce temps de démocratie où les Saints du peuple devraient être au moins respectés par tous ceux qui n'ont la bouche ou la plume pleine que de ce nom de peuple, parions que Benoît Labre, né d'ouvriers (ces rois actuels qui ont détrôné les autres), fera rire le siècle de toutes ses vilaines dents, et que ce nom même de Labre, d'assez piètre physionomie, j'en conviens ! sera un sujet de jolies plaisanteries impertinentes pour ce grand seigneur en fait de grands noms, qui prendra des airs de marquis avec le pauvre Labre et ne lui dira peut-être pas : « Tarte à la crème ! » comme le marquis de la *Critique de l'École des femmes,* mais : « Va te décrasser ! » Assurément, je ne sais pas si cet imbécile mépris a été une raison de plus pour M. Aubineau de replacer le grand mendiant chrétien dans sa véritable lumière, mais je ne sais bien que c'est là une raison pour moi d'en parler aux Habits noirs de l'Impiété, aux messieurs de la Libre Pensée, qui admirent Diogène pour peu qu'il soit païen, cynique et porc (mais pas d'Epicure), et qu'il crache sur les tapis d'Aristippe, mais qui ne veulent plus d'un Diogène chrétien doux et pur, et qui s'agenouille noblement devant un autel.

C'est le Diogène chrétien, en effet, que Benoît-Joseph Labre, non plus avec le cynisme du philosophe antique, mais avec des sentiments inconnus à toute l'Antiquité : l'humilité, la simplicité du cœur, et l'amour du Dieu qui a enseigné aux hommes la mortification et la pauvreté. Diogène, avec le manteau d'Antisthène qu'il avait ramassé à la borne et à travers les trous duquel passait l'orgueil qui crevait les yeux de Platon, Diogène ne buvait dans sa main et ne roulait devant lui son tonneau que pour se passer des hommes et être, tout à son aise, outrageusement insolent avec eux ; mais Benoît Labre, qui s'était fait le pauvre errant dont la main n'avait pas honte de se tendre à l'aumône, ressuscitait, par le spectacle de sa misère, la pitié et la charité dans les cœurs... Ce pauvre volontaire de Jésus-Christ, comme il s'appelait lui-même, fut, à ses risques et périls, tout le temps qu'il vécut, une prédication du sublime sermon *sur la montagne*, — qu'admirait Rousseau, messieurs les philosophes! et dans lequel il est dit aux hommes que les bienheureux sont ceux qui souffrent et qui pleurent. Prêché sur le Thabor, dans la lumière d'une Transfiguration prochaine, Benoît-Joseph Labre l'a repris, et, par son exemple, l'a prêché dans toutes les obscurités des mauvais chemins d'une vie dénuée et vagabonde. Et encore ne l'a-t-il pas prêché seul. Il y a ajouté l'amour de celui qui le prononça sur le Thabor, et montré ce que cet amour pouvait devenir dans un cœur d'homme, aux hommes qui l'avaient oublié !

III

C'était dans ce temps-là un terrible temps..... Louis XV régnait sous Voltaire. La catholique France du roi très chrétien était devenue, ma foi ! aussi païenne que le monde antique l'était du temps de Diogène. Mais ses Diogènes, à elle, étaient d'une autre espèce. Ils ne roulaient plus leurs tonneaux dans les rues. Une de leurs femelles, car ils avaient des femelles, la marquise du Deffant, avait fait ouater et capitonner le sien, planté en plein salon, et du fond duquel elle aboyait, de sa vieille bouche vide, contre Dieu. Les cyniques d'alors n'avaient pas cassé leur écuelle pour boire dans le fond de leur main ; ils buvaient dans des verres à champagne. Et leurs manteaux d'Antisthène, à eux, étaient le vitchouras et les fourrures envoyées à leurs épaules par les impératrices.

S'ils crachaient sur les tapis du baron d'Holbach, après boire, c'était, parbleu ! bien contre Dieu, et cela lavait tout. Il n'y avait plus de mœurs, ni publiques, ni privées ; ni enseignement, que celui du plaisir ; et la religion de la Vénus commode, en attendant le Néant commode. Sous la Mère Régence, on avait *fait tout, excepté penitence ;* mais sous Louis XV, on faisait pis que tout... On avait roulé, la tête en bas, le reste en haut, d'Aspasie-Pompadour à Phryné-Dubarry. C'était la fin de la grande orgie. On était sous la table. La France f... *ichait son camp,* comme le café du maître. Le sang allait venir... Mais, avant qu'il vînt, un enfant naquit, de deux pauvres gens, au fond d'une province, — précisément celle-là qui nous a donné plus tard cet athée tremblotant de Sainte-Beuve, qui fait l'effet d'un magot d'athéisme après les grands athées intrépides et impudents du XVIIIe siècle. Et cet enfant était la perle qui devait rouler sur le fumier du siècle, sans que le fumier s'en aperçût ; et celui de ce temps-ci ne s'en apercevrait pas davantage, si l'Eglise, de sa main maternelle, ne l'eût pas ramassée, cette perle, et ne l'eût mise à sa couronne.

Chose frappante ! Singularité providentielle ! Ils croyaient tous, les Sardanapale et les Héliogabale de ce temps-là, que la mortification, cette duperie des chrétiens, cette bête de mortification, était radicalement finie ; que la pauvreté, pire qu'un vice, qui est toujours bon, était bafoué et honnie à jamais. Ils avaient même inventé des Economistes qui *faisaient* de la richesse, et qui devaient donner à tout le monde plus que les quarante écus de *l'Homme aux quarante* qu'exigeait Voltaire. Et la mortification, la pauvreté, le mépris de la richesse allaient reparaître, plus éclatants que jamais, avec ce misérable Labre, qu'ils auraient sifflé, s'ils l'avaient connu, avec les clefs de leurs petites maisons, et qui devait — pour les penseurs — faire dans l'histoire du XVIIIe siècle un vis-à-vis étrange et expressif à la Dubarry, — par exemple, — ou au maréchal de Richelieu !

Il était né, ce Benoît Labre, dans l'obscurité la plus profonde, et il allait y vivre jusqu'au jour où l'Eglise l'en tirerait. Pieux dès qu'il respira et comme il respirait, élevé par son oncle, un pauvre curé de campagne, qui lui apprit assez de latin pour entendre le bréviaire, Benoît-Joseph, dès qu'il fut en âge de choisir sa fonction parmi les hommes, sentit tressaillir en lui la vocation religieuse, qui y tressaillit longtemps, mais sans l'éclairer. Il alla d'un couvent à un autre, qui se le renvoyèrent. Ses aspirations le portaient (croyait-il) vers la Trappe, mais il en fut doucement repoussé par les supérieurs, qui voyaient peut-être qu'il était réservé à autre chose ; car ces hommes, accoutumés à regarder dans les âmes, y discernent souvent les germes de leur avenir. Benoît-Joseph Labre n'était pas fait, probablement, pour la *règle sur place* et la vie en communauté. Il avait une autre destination providentielle. Il y a de tout, dans les légions du ciel. Lui devait y être un humble soldat, — un solitaire, — un vagabond, — un pauvre, — un pauvre plus dénué et plus pauvre que saint François d'Assise lui-même, le père de la pauvreté ; car saint François a fondé un Ordre qui est sa gloire et sa richesse, tandis que Labre devait être uniquement le pauvre dans toute l'abjection de la pauvreté et son néant. Il devait être, et je me servirai de ce mot mondain pour être mieux compris des gens du monde : il devait être le *Lépreux de la cité d'Aoste* de la pauvreté.

IV

Il l'embrassa, cette pauvreté, et il la pratiqua avec cette ardeur surnaturelle qui est l'enthousiasme des Saints. Il y a dans la pauvreté, qui est redoutée à présent de toutes les âmes amollies par ce qu'on appelle le confort de la vie, il y a cependant dans la pauvreté une poésie profonde et si d'accord avec l'âme du genre humain, que c'est peut-être la plus impressionnante et la plus touchante de ses poésies. Depuis Homère l'aveugle, errant au bord des flots sur l'*arène glissante*, jusqu'au dernier porte-besace qui doit mourir dans les ornières du Cotentin, les pauvres, les mendiants, les vagabonds font une race éternellement poétique, qui s'est toujours emparée de l'imagination — chez ceux qui en ont — avec une incroyable puissance. Et les poètes, et les romanciers, et tous les inventeurs littéraires l'ont compris! Ils ont toujours, sans l'épuiser, fouillé dans ce type du mendiant, dans cette profonde poésie de l'errance et de la pauvreté. Rappelez-vous Irus dans Homère! Seulement dans la littérature moderne la plus rapprochée de nous, rappelez-vous le vieil Edie Ochiltrie de Walter Scott, le *vieux pauvre du Cumberland* de Vordsworth, et jusqu'au *vieux vagabond* de Béranger, qui, lui, le bourgeois et le voltairien, le grand poète des épiciers, n'a été réellement poète que quand il a chanté les *Bohémiens*, les *Gueux*, enfin les pauvres exécrés par Voltaire! Dans l'art plastique et purement pittoresque, n'oubliez pas non plus les adorables mendiants de Callot, tous ces magnifiques *stropiats* de la guerre de Trente ans, avec lesquels, dans sa vie errante comme la leur, il avait vécu, et demandez-vous pourquoi la pauvreté est une si grande poésie? Vous ne vous répondrez peut-être pas, mais vous aurez constaté le phénomène dans cette humanité qui doit mourir, mais qui, en attendant qu'elle meure, goûte un charme amer dans le spectacle de sa misère, et trouve dans la contemplation d'un vieux pauvre ou d'une vieille pauvresse la plus longue de ses rêveries... Cette fascination de la pauvreté qui agit sur nous tous, pas de doute que Benoît Labre ne l'ait ressentie; mais si vous ajoutez à cette poésie naturelle la poésie de l'amour de Dieu, du Dieu né dans l'étable de Bethléem et qui a enseigné le renoncement aux joies matérielle de la vie, vous aurez une vie très particulière et très belle, et qui même sans la foi chrétienne qui seule peut l'expliquer, doit couper le rire sur les lèvres superficielles et sottes des moqueurs.

Et telle fut celle de Benoît Labre, de ce paresseux, comme on a osé l'appeler, ce laborieux de la misère! dont l'existence entière s'écoula dans les pèlerinages aux églises les plus lointaines, et qui alla je ne sais combien de fois, à pied, son bréviaire pendu au cou, la besace au dos, les jambes ouvertes par ses marches forcées et les pieds saignants, de Notre-Dame-de-Lorette à Rome, et de Rome à Notre-Dame-de-Lorette. Pour vivre de cette vie révoltante aux sens, mais que je maintiens poétique pour l'esprit, et pour l'âme croyante abondante en joies surnaturelles et célestes, il avait quitté de bonne heure des parents pieux qui l'adoraient. Il n'avait pas marché sur le corps de sa mère comme le fit le beau Saint d'Erin, l'héroïque Colomban, pour aller à la solitude. Tout était plus humble et d'un geste plus doux dans Benoît Labre. Il se déroba pour Dieu à sa mère. Il partit, sans dire qu'il reviendrait. Mais il ne dit pas non plus qu'il ne reviendrait point. Seulement, il ne revint pas. O mélancolie! il partit pour l'errance éternelle, — pour ne plus s'arrêter qu'en Paradis, dont le seuil était pour lui les églises qu'il trouvait sur les routes et qu'il visitait. Ce vagabond sublime, dont les pieds saignaient sur les cailloux et dans la boue des chemins, marchait la tête dans la lumière, voyant Dieu nettement dans le bleu du ciel, et répandant de ses lèvres infatigables des torrents de prières. Rien de plus beau pour ceux qui le voyaient! Tout en marchant, il secouait ce tison enflammé de la prière, dont les étincelles allumaient, du feu de la Charité et de la Foi, les âmes près desquelles il passait. Cet homme, à peine vivant sous ses haillons quelquefois sanglants, le plus souvent pourris, fulgurait d'une vie surnaturelle. Quand il s'arrêtait aux églises, il s'y reposait de ses longs chemins sur les genoux devant le sanctuaire, les bras en croix, insensible à tout, aux plus affreuses fatigues, à la douleur, à la faim, imperméable à la création tout entière, lui qui n'était plus qu'une âme et qu'on eût pu appeler, dans nos langages de la terre:

le cataleptique de l'amour de Dieu ! Le pain qui le soutenait n'était pas celui qu'on lui rompait aux portes et qu'il partageait avec les pauvres qu'il rencontrait : c'était le pain eucharistique, qui, pour ceux qui croient à ce dont il est fait, donne plus de force à un homme que s'il lui versait des fleuves de vie et de sang pourpre dans les veines.

Existence merveilleuse, — pour n'importe qui ! — et qui stupéfiait les mondains de ce temps, quand ils rencontraient ce *Lépreux de la cité d'Aoste* de la pauvreté, comme je l'ai nommé déjà. Il les stupéfiait et il les dégoûtait, ces délicats, sous ces haillons qui étaient sa lèpre ; car son corps (paraît-il), incorruptible comme le cèdre du Liban, éclatait, de *là-dessous*, de blancheur et de fermeté, comme une noble statue d'ivoire. Il semblait que la pureté de son âme eût revêtu ce corps, et gardé des saletés de la terre cette chair qui s'y exposait et se trempait aux fanges avec la soif de l'abjection !

Une vie pareille — vue de par-dehors — ne se raconte pas ; car l'incomparable beauté en est tout intérieure. Seulement, si on avait de l'âme et du génie, on pourrait la pressentir et en deviner quelque chose. M. Léon Aubineau est incapable de cette pénétration. Il raconte *de par-dehors* et glose. Assurément, il n'y a pas à faire ici de critique littéraire ; ce serait même ridicule dans un sujet pareil. Mais ce que j'aurais voulu, c'est un reflet du feu de l'âme du Saint. Rien que cela !

V

Il n'y est point. Eh bien, c'est un regret ! Supposez la plume inspirée qui a écrit, sans avoir la vérité pour elle, *Séraphitus, Séraphita*, se plongeant dans la magnifique vie du mendiant mystique que voici ? Quel chef-d'œuvre ! et quelle édification infinie ! et aussi quelle revanche de la vie mystique sur la vie réelle ! Et quel porte-respect pour ce pauvre abject, plus incompréhensible peut-être que tous les autres Saints, à la tourbe des esprits bas et vulgaires ! Et quelle canonisation pour messieurs de l'insolente et libre pensée, qui ne croient pas à la canonisation du Pape ! Pour eux, Balzac remplacerait Pie IX dans la justice tardive à rendre à ce grand Indigent volontaire et obscur, — lumineux seulement devant Dieu, — qui vécut dans la palpitation prolongée de l'amour sans bornes, et dont l'âme emporta le corps, émacié dans une étisie sublime, et le répandit devant Dieu comme une fumée d'encens...

Au lieu de cela, ils continueront de ricaner, et peut-être le livre de M. Léon Aubineau, qui n'est pas un lion, augmentera-t-il leur gaieté idiote. Le bienheureux Labre continuera d'être pour eux le patron des paresseux et des malpropres, ce qui est aussi bête que de dire qu'il est le patron d'un vice et le Saint d'un péché mortel...

« Ah ! qui me débarrassera de cet évêque, » disait un jour Henri II à ses nobles, et tout de suite il s'en trouva un qui l'en débarrassa. Le pauvre Labre, aussi pauvre après sa mort que durant sa vie, ne trouvera donc pas parmi les catholiques quelque poignet solide pour le débarrasser des benêts qui font un masque ignoble d'un visage digne de l'auréole !

Il y avait pourtant un bon bâton à nœuds derrière la porte de l'*Univers*. Mais Veuillot ne le prêtait pas !

LE CURÉ D'ARS (1)

I

Dans le grand silence littéraire qui se fait parmi nous depuis quelque temps, voici un livre qui devrait éclater ! C'est bien mieux, d'ailleurs, qu'une œuvre de littérature. C'est de l'histoire, et de l'histoire sacrée ; car c'est la vie d'un saint, — d'un saint qui vivait hier encore, — écrite par un homme qui l'a assisté en ses travaux apostoliques, et racontée avec un détail infini. Chaque volume de l'abbé Monnin (et il y en a deux in-8°) a plus de sept cents pages. C'est un peu long, diront peut-être les délicats lecteurs de romans qui durent un an, dans les journaux... Certes ! l'abbé Monnin me paraît doué d'assez de goût, de possession de soi, d'amour de la simplicité et de la couleur par-dessus le marché, pour avoir, s'il l'avait voulu, imité les vieux maîtres, et pour nous entretenir de son saint à la manière des anciens hagiographes.

Il eût, tout aussi bien qu'un autre, enluminé son petit vitrail dans cette grande verrière catholique, éblouissante et naïve, que l'on appelle la *Vie des Saints*. S'il ne l'a point fait et si l'art y perd, l'art concentré, fini, qui taille son diamant et l'enchâsse solidement pour qu'il reste où il brille le mieux, c'est qu'il avait ses raisons sans doute, — des raisons plus hautes que l'intérêt d'un ouvrage et même d'un chef-d'œuvre !

(1) *Vie du Curé d'Ars*, par l'abbé Monnin.

Ce n'est pas, effectivement, au XIXe siècle, qu'on peut se contenter d'un chef-d'œuvre de narration sincère quand il s'agit d'un saint, c'est-à-dire d'un de ces phénomènes auxquels on ne doit croire qu'à la dernière extrémité. Les questions que suscite la sainteté, qui est presque une monstruosité aux yeux des philosophes, doivent emporter l'écrivain qui pressent qu'on va les objecter à son récit, et c'est ce qui est arrivé à l'historien trop abondant du curé d'Ars. Il ne pouvait pas être uniquement le pur imagier des temps convaincus, et il a écrit son histoire comme on écrit l'histoire en nos époques de critique et de décadence, où la grandeur religieuse devient de plus en plus incompréhensible. S'il avait écrit pour le peuple, c'eût été différent ; mais à quoi bon ? Le peuple ne discute pas les saints, lui ! Le peuple connaissait déjà le grand homme du ciel que la terre venait de perdre, avant qu'aucun journal en eût charrié la gloire jusqu'à lui. Plus forte que nos engins moderne de publicité, cette gloire lui était venue à travers la chaîne électrique de tant de cœurs ! Mais les éclairés, les lettrés, l'ignoraient. Ils ont bien d'autres affaires vraiment que de s'occuper des pauvres curés qui, de vertus humbles en vertus humbles, deviennent des saints ; et c'est pour cela que l'abbé Monnin a dédié spécialement à ceux-là, qui ne connaissaient pas le Curé d'Ars, l'histoire qui le leur apprendra. Les lettrés sont faits pour la longueur et le détail des livres. Est-ce qu'ils se sont jamais plaints, par exemple, de la longueur et du détail, même bête, de la biographie du docteur Johnson, ce lourd pédant anglais attaqué d'éléphantiasis, cet insupportable méchant homme, et quoiqu'elle ait été écrite par cet imbécile de Boswell ? N'ont-ils pas dit, tout au contraire, comme Macaulay, en se pourléchant : « Que n'y en a-t-il encore ? »

Eh bien, ils souffriront peut-être qu'on s'occupe, sans s'économiser la besogne, d'un être angélique et même charmant à la manière des hommes, et même spirituel, dans le sens littéraire, comme les lettrés le sont rarement, après l'avoir été dans le sens divin comme ils ne le sont jamais ! Ils souffriront peut-être que, pour une fois, on venge les amis de Dieu, qu'on croit généralement par trop simples, des brillants amis du Démon et du monde, qu'on croit véritablement par trop forts !

Tel a été le but dominant de l'abbé Monnin, en écrivant, pour la première fois, la vie prodigieuse de cet homme inouï qui a perdu son nom dans le titre de sa fonction, et qui, dans l'avenir comme dans le ciel, ne s'appellera plus que le Curé d'Ars.

II

Avant de s'appeler de ce titre immortel qui a dévoré son autre nom, le curé d'Ars se nommait Vianney, — Jean-Baptiste-Marie Vianney. C'était, comme saint Vincent de Paul, auquel il ne ressemblait pas, quoiqu'il fût aussi grand que lui et plus étonnant pour ceux-là qui recherchent l'extraordinaire, c'était un fils de paysan, pâtre dès l'enfance, un esprit sans lettres, mais chez lequel, comme vous le verrez tout à l'heure, la Sainteté qui peut tout, alluma le génie ! Pauvre de corps, non d'esprit, mais surtout très pauvre d'études, on avait failli lui refuser la prêtrise à cause de son ignorance, et puis on avait cédé à son amour de Dieu et on lui avait donné, de confiance, cette petite cure dans un petit coin de terre, dont il a fait quelque chose de si resplendissant que, de tous les points de la terre, on est venu pour en contempler la splendeur !

Le Curé d'Ars ne fut point un saint de Thébaïde. Il n'était pas un de ces Siméons Stylites, passés marbre sur leur colonne, avec lesquels la Philosophie puisse se donner les airs des explications indiennes et qu'elle traite sans façons de fakirs. Sa colonne, à lui, était à raz de terre ; c'était sa paroisse. Il n'en sortit jamais. Il y resta humble curé toute sa vie. Mais, comme le Saint, quel qu'il soit, implique toujours miracle, le pauvre petit curé de village renversa tout aussi bien les lois physiques que l'ardent et le rigide Contemplateur à la colonne ; car, pendant toute sa vie, sans s'interrompre jamais que pour l'instruction et la prière, il confessa des multitudes *vingt heures sur vingt-quatre*, et cela durant quarante ans !

Et dire ceci d'un bloc n'est pas assez pour le faire comprendre. Le Curé d'Ars, qui, dans la hiérarchie des Saints, fait partie de cette cohorte des Confesseurs que les hommes glorifieront, quand ils ne les invoqueront plus, en des litanies éternelles, fut, avant tout et par-dessus tout, un confesseur. C'était sa manière spéciale d'être saint, sa vocation dans la sainteté même. Dieu lui avait donné le génie de la conduite des âmes, à ce pâtre qui n'avait chez son père à conduire qu'un vieux âne et trois maigres brebis. De bonne heure, ce génie l'emporta sur celui de la Contemplation et de la Prière, qu'il avait aussi, et en fit le Siméon Stylite du confessionnal, qu'il ne quitta, pendant toute sa longue vie, que pour dire sa messe, faire le catéchisme, et coucher une heure sur une planche.

Aussi, ce qu'on n'avait jamais vu nulle part peut-être dans toute la Catholicité, se vit dans cette chétive paroisse d'Ars. La cloche y sonnait à minuit et l'église s'y ouvrait à cette heure où l'on dort partout, et le confesseur infatigable, ce veilleur des âmes, entrait à l'église, où des foules l'attendaient déjà sous le porche ; car il avait donné le goût et presque la faim de la confession, ce grand Confesseur ! il avait fait trouver doux enfin ce pain si amer à la bouche de l'homme. Et il commençait ainsi sa journée, sa moisson de cœurs repentants, bien avant l'aurore ! Et ces foules qui venaient à lui, sans qu'il eût besoin d'aller à elles, se sont tellement renouvelées, pendant toute sa vie, qu'en prenant la moyenne de ses confessions on a trouvé plus d'un million d'âmes converties puisqu'il les avait confessées.

Pour nous, catholiques, au tribunal du souverain juge le Curé d'Ars aura donc un million d'âmes qui diront à Dieu : « C'est par lui que nous sommes venues à vous, Seigneur ! » Mais si, comme le croient les philosophes, nos plus saintes croyances n'étaient que des chimères, avec son million de cœurs consolés pendant qu'ils battaient, et morts autour du sien qui n'aurait pas un grain de poussière de plus qu'eux, le Curé d'Ars serait-il moins grand ?...

III

Oui ! j'ai dit : convertis ou consolés, ces cœurs... Je l'ai dit sans aucune défiance. Je n'en aurais pas pour garants les promesses divines et les expériences de la vie, déposant toutes de l'efficacité de l'aveu pour ce cœur de l'homme qui étouffe toujours, que je n'en douterais plus après avoir lu les toutes-puissantes choses que je trouve dans le livre de l'abbé Monnin, et qui me consacreraient le Curé d'Ars comme un génie, si je n'avais pas bien plus que du génie pour l'expliquer ! L'abbé Monnin n'a jamais entendu, ni personne que ceux auxquels le Curé d'Ars s'adressait dans ce tête-à-tête sublime de la confession entre le prêtre et *son* pénitent, les paroles irrésistibles qui ont dû lui tomber des lèvres, à cet Inspiré de la conscience, mais il l'a entendu souvent dans ses instructions et ses catéchismes, et ce qu'il s'en rappelle et en cite est d'une beauté de langage qui défie les plus beaux langages de la terre. Je n'hésite pas à l'affirmer : nul poète, nul orateur, nul écrivain n'est plus magnifique et plus poignant que cet ignorant incorrect et familier curé de campagne, qui a dans la conscience, cette conscience qui appartient à tous, les mêmes choses qui ne sont que dans le génie, lequel n'appartient, lui, qu'à quelques-uns !

Écrasante leçon, pour le dire en passant, donnée à ceux qui aiment le beau ! La conscience, même à ce point de vue de la beauté, est aussi puissante que le génie, et, comme elle appartient à tous, il ne s'agit que d'y descendre pour en rapporter des choses qui équivalent à du génie et rétablissent l'égalité entre les hommes par la vertu... C'est là ce qui faisait du pauvre Curé d'Ars (il faut bien le dire !) l'égal, pour le moins, de Bossuet, de Fénelon, de sainte Térèse, et lui donnait sans cesse cet air de prophète qui ne vient aux plus grands génies qu'à force de regarder Dieu. Malheureusement, étreint dans cet étau d'un seul chapitre, nous ne pouvons donner comme il faudrait une juste idée de cette merveilleuse expression que Dieu ne cessa jamais de mettre sur les lèvres de son serviteur. Mais l'abbé Monnin, qui écrit pour les lettrés et ne leur marchande pas les longueurs de son histoire, n'a pas manqué de donner des exemples foudroyants de cette expression surnaturelle, et il les a donnés avec une profusion qui étonne, quand on songe que ces inspirations qui forment des pages si nombreuses dans son livre (de la page 413 à la page 485 du second volume), ont été saisies à la volée, et quand on se demande quelle dut être leur beauté première pour avoir résisté si bien à la pâle dictée du souvenir !

Mais, après tout, pour nous, qu'importe ? Pour nous, chez cet adorable Curé d'Ars, le verbe, le verbe le plus puissant, c'était tout lui-même. Ce n'était pas tel mot qui a résonné fort, tel accent qui a vibré profond, telle éjaculation si bouillonnante et si sublime qu'elle fait flamboyer la page inerte qui s'efforce de la répéter ; non pas ! C'était toute sa personne, toute son action, tous les points de sa vie à la fois. Le verbe s'était fait chair, chez ce disciple de Jésus-Christ, comme il s'était fait chair en son divin Maître, qu'il ne pensa jamais qu'à imiter, — imitation, préhension, possession plutôt, par l'amour ! Le Curé d'Ars a réalisé Jésus-Christ dans son âme autant qu'un homme peut réaliser son Dieu, et l'on dirait presque qu'il fut la dernière incarnation de Jésus-Christ sur la terre, si un si grand mot ne faisait pas peur à la Foi !

En effet, il n'y a que cela qui explique sa vie ; il n'y a que la notion de Notre-Seigneur Jésus-Christ telle que nous la portons dans nos âmes, qui puisse expliquer cette espèce de règne (car c'en fut un) d'un prêtre caché au bout du monde, dans sa pauvre petite Bethléem de quelques feux et de quelques âmes, et que les foules, à défaut de mages, sont de partout venues visiter ! Je l'ai dit déjà, et le livre de l'abbé Monnin a montré, parmi tous ces miracles accomplis par le Curé d'Ars et qui ne durèrent que le temps de les accomplir, le miracle permanent, éclatant, impossible à contester, celui-là ! de ces multitudes d'âmes en peine qui affluaient vers le saint prêtre, pour lui demander la consolation et la paix. Eh bien, pendant de longues années, ce mouvement fut presque européen, et il alla redoublant toujours !

A Lyon, on avait établi pour Ars un service spécial de voitures. Sur la Saône, les paquebots se multiplièrent. Ce fut enfin, au XIXe siècle, — à trois pas de Ferney et de Genève, — un de ces spectacles que l'univers avait désappris depuis le Moyen Age ; car on avait bien vu, depuis le Moyen Age, des saints dont se détournait le monde, mais on avait pas vu de saints vers qui le monde eut gravité ! On aurait pensé, dit superbement à cette occasion l'abbé Monnin, à qui l'admiration crée très souvent un style ; on aurait pensé que cet homme, qui entraînait tout dans sa sphère d'attraction avec une si intense harmonie, « avait un système comme les astres ». L'astre, en effet, c'était la croix ! Fascination de Jésus-Christ, charme de Jésus-Christ, tel fut le secret de la force du Curé d'Ars, dans un temps où la philosophie se vante assez haut d'avoir enterré Jésus-Christ de manière à ce qu'il ne puisse pas, une seconde fois, ressusciter. Et de fait, ce qui distingue surtout l'action du Curé d'Ars sur son temps, c'est qu'elle est toute et uniquement surnaturelle, sans que rien d'humain s'y joigne pour la justifier.

Saint Vincent de Paul est un saint aussi, et certainement l'un des plus grands Saints des temps modernes et peut-être de tous les temps, mais l'action humaine se mêle en lui à l'action divine. Il va, il vient, il se remue, il se précipite dans toutes les voies où le Bien apparaît dans son empêchement ou son incertitude. Il a l'impétuosité de la vertu héroïque. Ce paysan à la figure de faune, qui avait peut-être la racine de tous les vices contraires à ses vertus, a gardé son terrible tempérament dans l'accomplissement des plus purs dévouements et des plus touchants sacrifices. Voyez-le agir ! c'est un tourbillon de bonnes œuvres. Il fonde des congrégations, ouvre des missions pour la France et pour l'étranger, bâtit des hôpitaux et des refuges pour toutes les douleurs et pour tous les abandons, ramasse les enfants dans son manteau, qu'il use à force d'en porter dans ses plis.

Quand Vincent de Paul ne serait pas un Saint, on le concevrait encore comme un grand homme de bien, un organisateur, un Napoléon de la bienfaisance. Tandis que le Curé d'Ars, s'il n'est pas un Saint, n'est plus rien. Otez-lui Jésus-Christ du cœur, voilà que, moralement, il expire ! Lui, le doux prêtre, ne remue pas violemment le monde ; il ne le bouleversera pas, comme saint Vincent, pour le régénérer. Il se contente, vieillard placide, d'aller de son presbytère à son église, et, là, de s'asseoir dans l'encoignure d'une chapelle, sur une planche de bois noir, puis d'attendre... Et, tout à coup, des milliers d'êtres humains viennent s'agenouiller devant l'escabeau de ce prêtre, pour s'en relever fortifiés et y envoyer, à leur tour, ceux qui n'y sont pas venus encore !...

Certes ! un tel spectacle vaut une histoire et doit tenter un historien. Il est assez rare pour intéresser, non seulement le chrétien, mais le philosophe. Selon moi, la vie du Curé d'Ars est une véritable originalité dans l'ordre hagiographique, et j'en connais peu qui fassent plus penser. Ce qui m'étonne dans cette vie d'hier, qui probablement sera une légende demain, ce n'est pas ce qui se trouve dans la vie des autres Saints de tous les âges et qui leur est commun à tous : les vertus, les grandeurs, les miracles, les communications directes avec Dieu, les adorations des foules prosternées ; mais c'est ce qui est particulier au Saint que fut le Curé d'Ars. Ce qui étonne, c'est qu'à l'époque où nous sommes parvenus, et où la confession est si haïe, s'il y a un saint qui s'élève et qui se fasse adorer et glorifier des hommes, ce soit précisément un confesseur !

Le Curé d'Ars fut ce confesseur, qui devait peut-être

raccommoder la confession avec les hommes et réhabiliter cette grande Institution aux yeux égarés des pécheurs. Malgré deux ou trois efforts qu'il fit un jour pour s'ôter de la place où Dieu l'avait mis aux regards du monde comme un pont du ciel qu'il lui avait jeté, malgré la tentation qui le prit de la pénitence au désert, du silence ardent des Chartreuses et de la contemplation rigide et extatique en Dieu des grands Solitaires, Dieu ne permit point au serviteur qu'il s'était choisi d'être autre chose qu'un grand confesseur, et je dirai plus : *le confesseur au dix-neuvième siècle*. Son évêque lui ordonna de ne jamais quitter sa paroisse, sous quelque prétexte que ce fût. En cela, il devait ressembler davantage à ce saint Siméon Stylite auquel je l'ai comparé, qui finit par se faire lier sur sa colonne pour n'être jamais tenté d'en descendre.

IV

Tel il m'apparaît dans le livre de l'abbé Monnin et tel il fut peut-être dans les desseins de Dieu, ce Curé d'Ars qui n'est pas seulement au ciel un Saint de plus, mais qui devait être sur la terre le type le plus accompli du grand confesseur, peut-être pour refaire aimer la confession à l'orgueil, devenu muet, des hommes ! En lisant la vie qu'on nous donne de cet infatigable confesseur au XIXe siècle, qui passa cinquante ans la main levée dans le geste d'absoudre, peut-on dire qu'il n'a pas glorieusement rempli sa mission et douter qu'il ait réussi ? Dieu lui avait octroyé, d'ailleurs, pour qu'il réussît, un don d'expression dont nous pouvons juger encore dans le livre de l'abbé Monnin, et le don plus précieux des larmes : car c'est le Saint des larmes que le Curé d'Ars !

Jamais on ne pleura comme lui sur les péchés des hommes, et Dieu seul, qui peut compter les pleurs, a pu compter les siens. Touchant et idéal côté de cette physionomie, qui n'eut pas que des pleurs, pourtant, mais qui eut aussi le sourire, pour, avec ces deux forces, rapporter à Dieu tous les cœurs !

Sans ce don des pleurs de l'amour, qu'avait eu, comme lui, sainte Térèse, et sans ce sourire de la charité qui avait fleuri autrefois sur les lèvres de François de Sales, savez-vous à qui il eût ressemblé, ce Curé d'Ars dont l'abbé Monnin a publié un portrait si stupéfiant, à la tête de son histoire ?... Tenez-vous bien ! Il eût ressemblé à Voltaire. Dieu, qui se joue de tout et qui veut nous montrer combien toute apparence est vaine, n'a-t-il pas mis le cœur de son meilleur ami derrière les traits de son ennemi le plus implacable ? Oui ! le Curé d'Ars ressemble à Voltaire comme saint Vincent de Paul ressemble à un satyre, mais chez tous les deux, le Saint a tué la bête, — chez l'un, luxurieuse certainement, chez l'autre, peut-être cruelle.

En effet, pour l'observateur qui étudie cette étrange figure du Curé d'Ars, avisé, fûté, très fin au fond, malgré la sublimité des vertus que son âme avait contractée ; pour qui lit ces réparties spirituellement vengeresses de son humilité, qu'il adressait à ceux qui le persécutaient de leurs compliments et de leurs hommages, et dont l'abbé Monnin, qui n'oublie rien, a égayé doucement son récit, il est hors de doute qu'elle ne mentait pas, cette physionomie de Voltaire, et que, sans Jésus-Christ, le Curé d'Ars aurait été un de ces esprits charmants et mordants comme les aime le monde, au lieu d'être une âme angélique devant Dieu.

TABLE DES MATIÈRES

Pages.

178-00. — Imprimerie des Orphelins-Apprentis, F. Blétit.
40, rue La Fontaine, Paris-Auteuil.

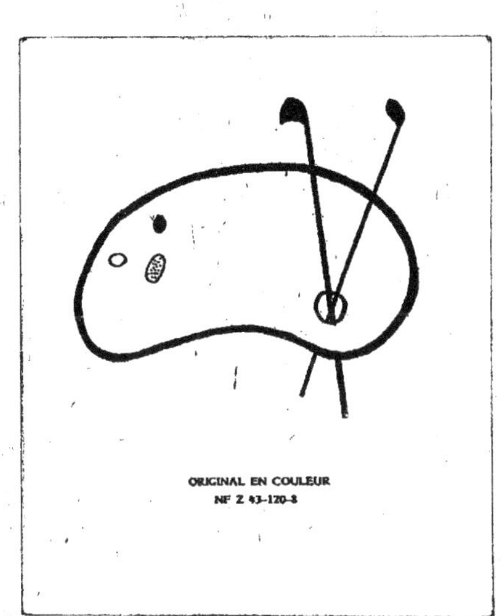
ORIGINAL EN COULEUR
NF Z 43-120-8

www.ingramcontent.com/pod-product-compliance
Ingram Content Group UK Ltd.
Pitfield, Milton Keynes, MK11 3LW, UK
UKHW020344250726
13967UKWH00005B/2098

9 782011 944733